捨てられ側妃なので
遠慮なく自由にさせていただきます
～妹にご執心な陛下は放っておいて、気ままな皇宮生活を楽しみます～

風見ゆうみ

目次

書籍限定書き下ろし番外編

捨てられ側妃なので遠慮なく自由にさせていただきます
~妹にご執心な陛下は放っておいて、気ままな皇宮生活を楽しみます~
セリーナ
家族から冷遇されてきたプレイナス公爵家長女。
顔が地味だと理不尽な理由により側妃となり、
のんびり暮らすことを目標に皇宮生活を楽しもうとするが、
トラブルに巻き込まれがちで…?

登場人物紹介

ジュリエッタ

セリーナの妹。可愛らしい容姿の持ち主で、
両親と兄から甘やかされて育つ。
姉よりも自分の方が上でありたく、
マウントを取りがち。

パクト

ノベリルノ帝国の皇帝。
見目麗しい容姿の持ち主で、
国民から支持されている。
自信家で短気な一面がある。

イエーヌ

側妃の一人。
裏表がはっきりしており、
ワガママな性格。

フェイク

パクトと腹違いの弟。
パクトと側妃の伝達役を担っており、
トラブルに巻き込まれがちな
セリーナを特に気にしている。

ロニナ

セリーナの侍女。

ジーナリア

側妃の一人。
フェイクに想いを寄せているようで…？

第一章　捨てられ側妃のようです

プレイナス公爵家の長女である私、セリーナが住んでいるノベリルノ帝国の皇室は、世界でもっとも優れた血筋だと言われてきた。なぜ、過去形なのかというと、現在の皇帝陛下が目も当てられないくらいに性格が悪く、お世辞にも優れた血筋だなんて言えなくなったからだ。

特にそうだと感じたのは、皇帝陛下が二十三歳の誕生日を迎えた数日後のことだった。

突然、皇室から呼び出しがかかり、妹のジュリエッタと共に宮殿に行くと、大広間に帝国内にいる上位貴族の独身の娘だけが集められていた。

集められた理由を説明されることもなく、問題の皇帝陛下が目の前に現れることもないまま、ひとりずつ個室に呼び出され面談をされるだけで終わった。そして、それから数日後、皇帝陛下から書状が届いた。

それはプレイナス公爵家の姉妹を妃に迎え入れるという一方的な内容だった。姉の私、セリーナを正妃に、妹のジュリエッタを側妃にするのだという。

「わたしなんかよりも、お姉様のほうが素敵ですもの。しょうがないですわ」

ふたつ年下のジュリエッタは私以外の前では猫を被っているが、ふたりきりになれば「意味がわからないわ。わたしのほうが可愛いじゃないの。お姉様が正妃でわたしが側妃だなんてありえないわ」とグチグチと文句を言う。

　ジュリエッタの言うことは間違っていない。彼女はお母様譲りの金色のストレートの長い髪に、髪と同じ色の瞳。ぷっくりとしたピンク色の唇に、透き通るような白い肌を持ち、老若男女問わず人気者だ。小柄で可愛らしい見た目だけでなく、笑顔を絶やさずに優しいふりをするのだから、それは人気も出ることでしょう。

　性根の悪さを見抜いている人は、今のところひとりもいないと思う。今では理解してもらえないと諦めたが、昔は家族や友人たちに真実を訴えていた。

　でも、見目麗しいジュリエッタと、お父様譲りの漆黒の髪に赤色の瞳を持つ、顔立ちも地味な私の言うことでは、妹の言い分が真実となってしまい、私は嘘つき扱いされてしまった。

『姉が妹に嫉妬するなんてみっともない。誰に似たのかしら。あなたを生んだことを後悔しているわ』

　お母様にそう言われた時、私の中で何かが切れた。家族への信頼も周りへの期待もなくなり、家族に関わるとろくなことがないと悟った。

　できるだけ関わらないようにしようと決めたけれど、ジュリエッタは違った。地味な私が近くにいたほうが自分の容姿の良さが引き立つし、チヤホヤしてもらえるからだ。そんなジュリエッタを軽くあしらえば冷たい女。無視すればモラルのない女と言われ続けた。

　公爵令嬢を悪く言うなんて普通はありえない。それがまかり通ったのは、公爵家の名を使うとお父様から怒られたからだ。お父様曰く、娘はジュリエッタしかおらず、私は部外者らしい。

そんなお父様の態度を見たお兄様も、私のことを妹だと思わなくなった。嫡男だからと甘やかされた彼は、両親に冷たくあしらわれる私を見ているうちに、私のことを本当に妹ではないのだと思い込んでしまった。

その考えが幼少期だけならわかるが、大人になった今でも続いているのだから呆れてしまう。

嫁入り準備を整えていたある日のこと。お兄様とジュリエッタが歩きながら話をしている場面に出くわした。お兄様は私に気づくと声を少し大きくして言う。

「どうしてこんなに可愛いジュリエッタが正妃に選ばれないんだろう。皇帝陛下って目が悪いのかな」

「お兄様、そんなことを言ったらお姉様に失礼ですわ」

「だってそうだろう？　ジュリエッタのほうが可愛いし、性格も良いじゃないか」

顔が可愛いというだけで正妃を選ぶわけがないでしょう。そう言ってやりたかったがやめた。嫡男がこんな様子ではお兄様の代でプレイナス公爵家は没落するかもしれない。

まあ、それはそれで良いわ。兄や両親から冷たい態度を取られて、私だって最初は傷ついていたのよ。

でもね、ある時思ったの。私が傷ついたら喜ぶ人間に嫌なことを言われても、傷つく必要はないってこと。その人の性格が悪いだけよね！　そんな人のために傷つくなんて馬鹿らしいじゃない。

両親の性格が悪いものだから、出来損ない、いや、存在していないかのように扱われている私の性格が悪くて神経が図太くてもしょうがない。生まれてくる場所を間違えてしまっただけだ。

下を向いて、事なかれ主義で生きていくのも嫌よ。前向きに生きてやるわ！

そう思ってからの私は、ジュリエッタに何を言われようが、あまり気にしなくなった。あまり、というのは、傷つくのではなく、苛立ちを抑えることができなかったから。

「わたしが正妃だってわかりきっているのに、どうして間違えたのかしら」

嫁入り準備を整え、宮殿に向かう馬車の中でジュリエッタはずっとぶつぶつ言っていた。

独り言があまりにも大きいことと「間違えた」という言葉が気になって、無視していられなくなった私は、ジュリエッタに話しかける。

「いつもみたいにお父様にお願いすれば良かったのに」

「……お姉様はまだ何も知らないのよね？」

ジュリエッタは笑みを浮かべて尋ねてきた。

「何の話？」

「いいえ。何でもないわ。わたしのほうが可愛いってことはみんなが知っているのに、どうして最初から正妃に選んでくれなかったのかしら」

決めたのは私じゃない。私が皇帝陛下の正妃だなんて恐れ多い話だけど、選ばれたのなら喜んで務めを果たすわ！

そう意気込んだのに、皇帝陛下は壇上から私とジュリエッタを見るなり言った。

「あ、姉はお前のほうか。あー、うん、やっぱり無理だな」

「……無理？」

謁見の間には、別の馬車でやってきた私の家族だけでなく、宰相などの国の重鎮が集まっている。そんな人たちの前で皇帝陛下であるパクト・ド・レイシス様は意味のわからないことを言い出した。

無理ってどういうこと？

ジュリエッタは私の隣でショックを受けたふりをして、顔を両手で隠しているけれど、指の隙間から見える目は、明らかに笑っている。

こうなることはわかっていた、といったところかしら。

「無理すぎる。お前の顔はオレのタイプじゃないんだよ。地味すぎて顔も見たくない。だから、お前は側妃のひとりにする」

「……はい？」

正妃じゃなくて側妃？　そんな簡単に変更できるものなの？　しかも顔で？　皇帝だからって勝手すぎるんじゃない？　もしかして皇帝陛下って、お兄様と同じタイプだったりするのかしら。

　そうだとしたら、この国の行く末が心配だわ。

「間抜けな顔しやがって」

　壇上の豪奢な椅子に、すらりとした長い足を組んで座っている皇帝陛下は、年は私よりも四つ年上の二十三歳。金色の髪にシルバーの瞳。切れ長の目に細い唇を持っていて息を呑むくらいに美しい顔立ちだ。

　言葉遣いや態度は悪いが決断力があるということで、国民から支持されている。ただ、実物を見てみると、顔の良さに圧倒されて文句が言えないだけのような気がした。それほどまでに外見だけは人を惹きつけるオーラを放っている。

……と、そんなことを考えている場合ではないわね。私に向かって発された間抜けな顔は決して褒め言葉じゃないもの。

　私はにこりと微笑んで、皇帝陛下に承諾の意を示すためにカーテシーをする。

「承知いたしました」

「……は？」

「喜んで側妃の座につかせていただきます！」

　私が側妃でジュリエッタが正妃なら、多くの人は、私が妹に負けたと思うでしょう。でも、偏見のない人ならわかるはず。この帝国では正妃よりも側妃のほうが、仕事量は格段に少ないということを！

それに、正妃になれば子供を生まなければならないというプレッシャーがある。女性は皇帝になることを認められていないので、男児が生まれなければ意味がないとまで言われてしまう。

側妃のひとりにすると言っていたし、他にも側妃はいるみたい。となると、私が寝室に呼ばれる可能性は低い。だから私が子供を生まなくても私のせいではないし、正妃になるジュリエッタが頑張ってくれれば良いのよ。

きっと生意気でプレッシャーに負けない強い子が生まれるから、ちょうど良いのじゃないかしら。国の政治は皇室関係者や宰相閣下たちに頑張ってもらえば良い。

いくら皇帝陛下だからといって、人のことを間抜けな顔と言うような人間の正妃だなんてお断りだわ。側妃に変更してくださりありがとうございます！

「……お姉様、悲しい？」

顔を覆ったまま小声で尋ねてきたジュリエッタに笑顔で答える。

「いいえ。側妃になれるなんて光栄だわ」

悲しいわけがないでしょう。側妃の住む別宮がどんな場所か、詳しくはわからない。でも、先代の側妃は特にやることもなくて時間を持て余していたと聞いたわ。

ということは、ゴロゴロし放題！　側妃の何がいけないの？　私にとっては素敵な話だわ！

ジュリエッタとも離れられるし、良いことばかりだもの！

満面の笑みを浮かべる私を見て、ジュリエッタは泣きまねをやめて、手を顔から離した。

「……お姉様、何を言っているの？」

「そのままの意味よ」

微笑んでみせると、ジュリエッタは信じられないものを見るような目で、ぽかんと口を開けて私を見つめた。そんな彼女を見て下品に見えないように微笑む。

にやけている場合じゃないし、悲しむべきところでもない。だって、皇帝陛下の側妃なんて、普通の人間ではなれないもの。ここは優雅に立ち去る準備をしましょう。

「お話はこれで終わりでしょうか」

皇帝陛下にお尻を向けるわけにはいかないので、先に立ち去ってもらうしかない。

にこりと微笑んで暗に退席を促すと、皇帝陛下はジュリエッタを見つめた。ジュリエッタは他の人がいる前では本性を見せるわけにはいかないので、今にも泣き出しそうな顔をして、皇帝陛下に訴える。

「あの、お姉様が側妃で、わたしが正妃だなんて恐れ多いです！」

「え？　あ、でも、それは気にしなくて良いだろう。お前のほうがオレの妻にふさわしいんだから。お前だってそう言っていただろう？」

「そ、そんな！　わたしは何も言っていません！　それに、そんなことを言ったら、お姉様が可哀想です！」

「妹よりも劣った姉なのだから区別されても仕方がないだろう」

皇帝陛下は勢いを取り戻して、にやりと笑った。

明らかに今日、初めて会った二人とは思えない親密さね。『そう言っていた』と言うくらいだから、ふたりが手を組んでいるのは間違いなさそうだ。

文句を言うだけだったから、おかしいと思っていたのよ。いつもならもっと悔しがって、自分を正妃にしてもらえるようにお父様に頼んでいるはずだもの。私が知らない間に皇帝陛下に会って段取りしていたのでしょう。

皇帝陛下という偉い身分の人でもジュリエッタに引っかかってしまうのね。だけど、今回はそれを逆手に取らせてもらうわ。

「ジュリエッタは優しいのね。でも、気にしなくていいわよ。あなたが私よりも可愛いのはわかっていることだもの。それに、正妃の仕事は大変だと聞いたから、優秀なあなたが側にいたほうが皇帝陛下のためにもなると思うの」

「そ、そんな……、わたしにはお姉様が必要だわ」

ジュリエッタは、姉の私を立てるふりをする。そして、その後の皇帝陛下の言葉で、私のプライドを傷つけるつもりだ。その手には乗らないわ。

皇帝陛下が口を開く前に先手を打つ。

「お父様、お母様」

「……なんだ。何か文句でもあるのか」

近くに立っていたふたりに話しかけると、お父様は眉根を寄せて聞き返してきた。

「文句ではありません。確認したいことがあるのです」

「何だ。もったいぶらずに言え！」

「私がいないと、ジュリエッタに正妃の座は務まりませんか？」

務まらないなんて言うわけがないわよね？

笑顔で圧をかけると、お父様は目を泳がせながら答える。

「い、いや、ジュリエッタなら、ひとりでも十分に皇帝陛下のお役に立つことができるだろう」

「ですわよね？」

お父様たちから視線を移し、ジュリエッタに微笑みかける。

「ジュリエッタ、本当におめでとう。私の分も頑張ってね」

「え、ええ？　……あ、はい」

ジュリエッタは浅はかなところがある。優越感を優先させるがために、先のことまでは考えられない。

今までは私がすぐ近くにいたから頼ることができたし、私は変に逆らって家から追い出されたくなくて助けていた。

でも、今回は違う。私は別宮に、彼女は宮殿に住むことになる。別宮は宮殿の敷地内にあるけれど、かなり離れた場所にあるから、ジュリエッタが私に助けを求めたくても、そう簡単にできることではない。

「大人しく側妃になることを認めたことは評価してやる。そこにいるミルエットがお前の世話係だ。彼女に案内してもらって今すぐ別宮に移動しろ」

皇帝陛下はそう言うと、私の返事は待たずに立ち上がって壇上から去っていく。ジュリエッタは何か言いかけたけれど、他の人がいる手前、口をつぐんだ。

「優秀な妹で、私も鼻が高いわ」

ジュリエッタの反応は待たずに、私は自分の世話役になってくれるというミルエットに近づいて話しかける。

「これからよろしくね」

「よろしくお願いいたします」

高身長で細身、グレーの髪をシニヨンにし、丈の長い黒のワンピースに身を包んだ、一見気難しそうな顔をしているミルエットは、深々と頭を下げた。去り際にジュリエッタに視線を向けると、私の反応が予想外だったのか、悔しそうな顔をして私を見つめていた。

私がこれから住むことになる別宮は、ジュリエッタが住む宮殿に比べれば小さいものだった。かといって、公爵邸とは比べ物にならないほど大きく、近くに立つとその全貌が見えなくなるくらいだった。別宮を取り囲む庭園には色とりどりの花が咲いており、五階建ての白亜の洋館はとても綺麗で、馬車から降りた瞬間、その大きさと豪華さに圧倒された。そんな私にミルエットが話しかけてくる。

「ご案内いたしますので、こちらへどうぞ」

促されて中に入ると、また別の意味で驚いた。廊下には装飾品はまったくなく、必要ないものは何も置かれていないといった感じだった。

皇帝の側妃が住む場所なのに、この状況はどうなのよ。……無駄なものでごちゃごちゃしているよりかは良いか。掃除だってしやすいものね。

こういうところがあるから、側妃になることを良く思われていないのかもしれないわ。何だか、区別ではなく差別を受けているみたいだもの。

ミルエットのあとをついて歩いていくと、最上階である五階の突き当たりにある部屋の前で立ち止まった。

「他の側妃の方々は二階にお部屋があります。その階には絶対に足を踏み入れないでくださいませ」

「他の側妃はすでにいらっしゃるのね。わかったわ」

躊躇うことなく頷くと、ミルエットは眉間のシワを深くした。ミルエットはどうやら私に良い印象を持っていないみたい。なら早速、任務を解除してあげましょう。

「ミルエット」

「……なんでございましょうか」

扉に手をかけた状態で、不満げな顔をしているミルエットに、私は笑顔で伝える。

「案内してくれてありがとう。感謝するわ。申し訳ないけど、私に侍女は必要ないのよ。だからあなたは今までの仕事に戻ってくれて結構よ」

「は……、はい？　何を言っておられるのですか？」

「そのままの意味だけど？　もしかして、ミルエットは世界共通言語のエノイ語は苦手なの？」

ノベリルノ帝国とは五つの国のことを合わせて言う。エノイ語は帝都民が使う言語で、皇帝陛下もこの言葉を話す。でも、他国民はエノイ語が苦手な人や話せない人もいる。私は帝都民ではないけれど、エノイ語を話すこともできるし読み書きも可能だ。

今まで話してきた言語がエノイ語なのだから、ミルエットはエノイ語が苦手だということはないとは思う。一応聞いてみると、ミルエットは馬鹿にされたと思ったのか怒り出した。

「そういう問題ではございません！　まだ、部屋に案内しただけです。私がいなければセリーナ様はここで暮らしていくことはできませんよ！」

「馬鹿にしたように聞こえたなら謝るわ。だけどね、あなたがいかにも嫌そうな顔をしているから、私が何を言っているのかわからなくて困っているのかと思ったの」

「そ、そういうわけではございません」

「私の世話をしたくないのであれば、してもらわなくて結構よ。食事はお腹が減ったら、メイドに頼んで持ってきてもらうから」

「そのメイドがどこにいるかわからないでしょう！」

ミルエットが叫んだ時、メイド服を着た小柄な女性が近づいてきた。

「あの、何か御用でしょうか」

「ここにいたわ。あとはこの人に頼むから、あなたは戻ってもらって結構よ」

「そういうわけにはいきません！　皇帝陛下に叱られてしまいます！」

「私の侍女を私が決めるのはおかしいことではないでしょう」

「私は皇帝陛下に選ばれた人間なのです！　そう簡単に仕事を放棄するわけにはいきません！」

ミルエットは必死だった。

皇帝陛下に私の侍女をクビになったなんて知られたら、彼はミルエットをどんな目に遭わせるかわからないものね。

うーん。どうするべきか迷うわ。今のところ、ミルエットに痛い目に遭ってほしいとまでは思わないけれど、彼女はきっと、ジュリエッタや皇帝陛下のスパイだもの。できるだけ遠ざけておきたい。

どうしてここまでするのかわからないが、ジュリエッタのことだから、皇帝陛下に作り話でもして、私が危険人物だと思わせたのでしょう。

そうだわ。シンプルに良い考えを思いついた。

焦った顔をしているミルエットに笑顔で提案する。

「じゃあ、あなたの勤務時間中は部屋の前にいてくれないかしら。用事があれば呼ぶようにするから」

「で、ですが」

「四六時中、私の側にいないといけないの？　そうじゃないでしょう」

「……承知いたしました」

強い口調で言うと、解雇されるよりマシだと思ったのか、ミルエットは渋々といった様子で頷いた。

ミルエットには部屋の外にいてもらい、ちょうど良いタイミングで現れたメイドを部屋の中に呼んで話を聞いてみる。

「あなたも私の世話をしてくれるの？」

「は、はい！　ロニナと申します。よろしくお願いいたします」

いかにも大人しそうな顔立ちのロニナは、一礼したあとに続ける。

「私以外のメイドは他の側妃様の所へ行っているので、何かございましたら、全て私にお申しつけください」

可哀想に。この子は貧乏くじを引かされたというわけね。

「この別宮にメイドは何人くらいいるのかしら」

「他に側妃様が五人いらっしゃいます。ひとりにつき十人がお世話させていただくことになっていますので、五十人程でしょうか」

「私には何人のメイドが付いてくれるの？」

「……あの、申し訳ございません。私ひとりになります」

「だから全てと言ったのね。でも、あなたひとりだったら休みがないじゃないの」

「メイドの多くは男爵家の令嬢です。ですが、私だけ平民なんです。他のメイドたちから平民の私と一緒に仕事をするのが嫌だと言われてしまいました」

肩を落とすロニナを見てため息を吐く。

メイド個人の意見がまかり通るのもおかしな話だわ。上もそれを認めているのかしら。

「メイド長がいるでしょう。彼女は何と言っているの」

「側妃様に迷惑をかけなければそれで良いと言っていました」

「じゃあ、私が迷惑だといえば良いのね？」

「そ、それはその、お気持ちはとてもありがたいのですが……」

ロニナは眉尻を下げて俯いた。

それはそれで、ロニナが怒られるということね。貴族が平民と一緒に働くことを嫌がるのは珍しいことではなく、特に若い年代にはその考え方の人が多い。

ここのメイドも若い人ばかりなんでしょう。ロニナを辞めさせたいから意地悪をしているのね。そんなことをしたって何も良いことなんてないのに、どうしてそんな馬鹿なことをするのかしら。

　嫌なことをされて職場を辞める話は聞いたことがあるけれど、今のロニナにはそんな様子は見えない。ここで働かなければいけない理由があるのかもしれないわね。

「ここの給金は良いの？」

　興味本位で聞いてみると、ロニナは笑顔で頷く。

「はい！　私がここに長く勤められれば、祖母の薬代にできますので頑張りたいんです！」

　薬は貴族でも高いと思う値段だから、平民のロニナが普通に働いて買えるようなものではない。

　彼女のおばあさんに薬を買ってあげたいけれど、私のここでのお小遣いはそう多くはなさそうだし、まだもらえるかどうかもわからない。確実でないことを口にするわけにはいかないわ。

「……じゃあ、体を壊さない働き方をしてもらわないと駄目ね」

「頑張りますので、よろしくお願いいたします！」

「こちらこそ、よろしくね」

　改めて挨拶を交わしたあと、別宮内を歩きながら、ここでの暮らしについて、ロニナから説明を受けることになった。

　ミルエットも付いてこようとしたけれど、部屋の前で待っているか、自分の部屋に戻るように指示した。

不服そうな顔をしていたが「嫌なら私の世話をしなくて良い」と言うと、自分の部屋に戻ると言って去っていった。

ミルエットと別れたあとは、まずはダイニングルームに案内してもらうことにした。

「他の五人の側妃様は、すでにここで暮らしておられまして、食事は自室でとっておられます。セリーナ様のものもお部屋に運びますね」

「歩くのは嫌いじゃないの。ダイニングルームに行って食べるわ。そのほうが片付けも楽なはずよ」

「よ、よろしいのですか？」

「かまわないわ。そういえば、他の側妃は二階に住んでいるのよね」

「はい。申し訳ございませんが二階は」

「近寄らないようにすれば良いんでしょう。わかっているから安心して」

「ありがとうございます」

ロニナはホッとした顔をして頷くと、私以外の側妃について簡単な説明を始めた。

「皇帝陛下の側妃ですが、友好関係を保つためという理由で帝国外からもいらっしゃっています」

「そうなのね」

「みなさん、帝国語をお話しになりますので、会話に困ることはないかと思います」

話の途中で、ロニナの足が止まった。ダイニングルームに着いたのかと思ったけれど、彼女の視線の先を追うと、そうではないことがわかった。

大きな二枚扉の前に女性がふたり立っている。金色の髪の女性がなぜか一方的に怒っていて、緑色の髪の女性は俯いて涙を流していた。

「あの、あちらにいらっしゃるのは、他の側妃の方々です」

ロニナが小声で言った時、怒っている女性がこちらを向いたので目が合った。無視するわけにもいかないので、軽く一礼してから話しかける。

「何をしていらっしゃるの？」

「……あなたには関係ないことだわ」

金色の髪の女性は吐き捨てるように答え、私から視線を逸らした。

「そうかもしれませんけど、そちらの方が泣いておられるので、どうしても気になりますわ」

「……場所を変えるわよ」

金色の髪の女性はそう言うと私に背を向けて歩いていく。緑色の髪の女性は泣きながら、そのあとを追いかけていった。

メイドも侍女の姿も見えないから、内密の話だったのかしら。……にしても、私以外の側妃も癖のありそうな人ばかりね。できるだけ関わらないようにしなくちゃ。

そう思ったのに、数日後、私はまた同じ場面に出くわすことになるのだった。

＊＊＊＊＊

十日も経てば、別宮での暮らしに慣れてきた。

ロニナは素朴な良い子で、私と気が合ってちょうど良かった。ミルエットは相変わらずの態度で、私の粗探しを続けている。

ロニナから聞いたところ、他のメイドたちは私のことを『別宮の恥さらし』と呼んでいるらしい。でも、そんなことを言う人たちのレベルなんて知れているから気にしない。直すべきところがあるなら言ってくれれば直す努力をするのに、ジュリエッタの話す内容を全て信じて、私そのものを見ようとしない人間が多すぎる。

ロニナから「熊を倒して、その肉を生で食べているのですよね」と言われた時には驚いた。私が熊を倒すことができるなら、ジュリエッタは今頃生きていないわよ。それに私にそんな強さがあるなら、ジュリエッタは私の顔を見た途端に逃げ出していたんじゃないかしら。

今日は働き詰めのロニナに休みを取らせていたので、いつもなら部屋まで運んでもらっている朝食を自分で取りに行くために部屋を出た。

普通ならば、護衛を引き連れて歩くところなんでしょうけど、側妃には護衛がいない。皇帝陛下が許可した人以外、別宮に入ることができず、男性については特に厳しいので、護衛を中に入れることができないのだ。

そのかわり、別宮を取り囲む高い壁の前には数メートル置きに兵士が立っていて、賊が侵入できないように徹底されている。

別宮の中にいる選ばれし男性は、皇帝陛下の腹違いの弟であるフェイク様と使用人の一部だけ。

使用人の男性は五人しかいないから、すぐに顔と名前を覚えることができた。

内訳は料理長、兵士長、庭師がひとりずつ。側妃共通のフットマンがふたり。

ジュリエッタが流した悪い噂（うわさ）のせいで、私はフットマンには嫌われているため言うことを聞いてもらえないけれど、その他の三人とは比較的上手くやれていた。

他の側妃たちが彼らに対して失礼な態度を取るので、普通の対応しかしていない私の味方になってくれたのだ。

朝食の準備をお願いするために先に厨房へ行くと、他の側妃のメイドたちがいた。メイドたちは私の顔を見るなり、小さな悲鳴をあげて逃げ出していく。

自分自身がまるで虫除けの何かになったみたいで、傷つくどころか、少し楽しく思えてしまう。……いや、そう思わないと傷ついてしまうから、自己防衛した結果がこんな感情になってしまったのだと思いたい。そこまで神経は図太くないはずだもの。うん。そうよ。そういうことにしましょう。

「先程、メイドたちが話しているのを聞いたのですが、側妃の間でいじめが流行っているそうです。セリーナ様もお気をつけください」

料理長は周りに誰もいないことを確認して小声で言うと、すぐに私の朝食の準備にとりかかってくれた。

先日見た、あの現場がそうだったのかもしれないわ。それにしてもいじめが流行っているというのはどうなの。

食事をしながらぼんやりとそんなことを考えつつ、私はのんびり暮らしていくのだから関わらないようにしようと決意したのに、またあの現場に出くわしてしまった。

食事を終えて出ようとしたら、廊下から女性が怒鳴っている声が聞こえてきたのだ。今度はダイニングルームの出入り口前で行われていたから、話を終えてどこかに行ってくれるのを待つことにした。

立ち聞きするつもりはなかったけれど、あまりにも声が大きいので、会話の内容が丸聞こえだった。

「あなたみたいな不細工な女が皇帝陛下の側妃なんて務まるわけがないでしょう！　さっさと辞退しなさい！　こののろま！　クズ！」

「も、申し訳ございません」

「悪いと思うのなら、とっとと別宮から出ていって！」

誰に言っているのかはわからないけれど、大きな声を出しているのは先日会った金色の髪の女性、イエーヌ様で間違いない。

ピンク色の瞳を持ち、気の強そうな顔立ちの彼女は他国の公爵令嬢で、とてもワガママに育ったと聞いている。元々の立場がどうであろうが、側妃になってしまえば同等だ。彼女の話は長いらしいから、このままではしばらくダイニングルームにいなければならない。

でも、ここで待っているのも馬鹿馬鹿しいし、早く部屋のベッドに寝転がって本を読みたいわ。それに弱い者いじめをしている場面をただ黙って見ているみたいで嫌だもの。

というわけで悪い人には退散してもらいましょうか。

意を決して扉を開くと、イエーヌ様が私を睨みつけてきた。

「中にいたのならいたと言いなさい！」

「いると言うために出てきたのです」

私が答えると、イエーヌ様は目を吊り上がらせる。

「なら、とっとと立ち去りなさいよ！」

「そうしようと思うのですが……」

罵倒を浴びせられていた女性に目を向けると、彼女は目で私に助けを求めてきた。彼女はなんという名前だったかしら。側妃のひとりであることは間違いないのだけれど、顔を見ただけではすぐには思い出せないわ。

助けを求められているのは確かだし、仕方がないわね。ここで知らんふりをしたら、目の前にいる嫌な女性と同じ立場になりそうな気がするわ。

私は笑みを作っておどおどしている緑色の髪の女性に話しかける。

「泣きそうな顔をしておられますけど、何かありましたか」

「あ、あの、その、話をしていました」

「お話しされていたのですね」

話の内容をイエーヌ様に聞いてもどうせ、本当のことは教えてくれないでしょうし、おどおどしている彼女に聞いてみる。

「今は何を言われていたのですか？」

「……言われていたというか、疑似体験、をしていたのです」

緑色の髪の女性は震える声で答えた。何を言っているのか、すぐには理解できなかったので尋ねてみる。

「疑似体験、ですか？」

「……はい」

「何のでしょうか」

「……その、あの、いじめの、です」

「はい？」

「いじめられた時の疑似体験をしていたのです」

そんな体験ってあるの？　初めて聞いたんだけど。貴族で流行っている遊びみたいなものかと思ったけれど、そんなわけがないわよね。

「それはあなたの希望で、ですか？」

「い、いいえっ！　……あ、はい」

否定したけれど、すぐにイエーヌ様の冷たい視線に気がついて、女性は答えを変えた。

なんとなくわかったわ。誰かにこの場面を見られたら、そういう芝居をしていると言えと言われたのでしょう。それがわかれば、このまま見捨てていくわけにいかないわ。面倒だと思っているのに首を突っ込んでしまう、自分が本当に嫌になるけれど、これが私だわ！

自分の馬鹿さ加減に呆れてため息を吐いたあと、イエーヌ様に話しかける。

「あの、イエーヌ様」

「……何でしょうか」

「私も体験したいのですが」

「……は？」

「この方に疑似体験をさせてあげているのですわよね？　でしたら私もぜひ、体験させていただきたいと申し上げたのです」

「は?」

イエーヌ様は蔑むような目で私を見つめた。

私は別に悪口を言われて喜ぶタイプではないが、ジュリエッタたちから悪口を言われ慣れているので、今さら暴言を吐かれても、そこまでダメージはない。言い返すとトラブルの元になるし、相手と同じレベルになってしまう気がして今までは我慢していた。

でも、今回は疑似体験なんだもの。言い返したって良いわよね!

「わかりました。じゃあ、言わせてもらうわ」

イエーヌ様は挑戦的な笑みを浮かべて頷くと、躊躇うことなく話し始める。

「野蛮な令嬢のくせに、よくもまあ、こんな所へ来られたものですわね」

「ありがとうございます!」

笑顔でお礼を言うと、イエーヌ様は焦った顔になる。

「どうして喜んでいるのよ! 褒めているんじゃないわ! 嫌味が通じないだなんてこれだから馬鹿は困るのよ」

「それは失礼しました。ですが、私がここに来たのは皇帝陛下のご命令でして、勝手に来たわけではありませんわ」

「そ、それはそうかもしれないけれど」

「なら、私を責めても意味がありませんわね」

首を傾げてみせると、イエーヌ様は顔を真っ赤にして怒る。

「うるさいわね！　あなたは疑似体験がしたいんじゃなかったの⁉」

「はい。今、まさに疑似体験中です」

「は？」

イエーヌ様が眉根を寄せて私を見つめるので、笑顔で尋ねる。

「いじめにあったらこんな感じだと教えてくれているのですわよね？　まさか、本音を言っているわけがないですもの。もし、そうだったとしたら、皇帝陛下の判断を否定していることになりますわ」

「そ、そんなわけないでしょう！　疑似体験だと言っているじゃないの！」

「ですわよね？　ただ、疑似体験とはいえ、違う悪口のほうが良いと思いますわ。実際に起こり得ることを体験したいですから」

これで、イエーヌ様はここから出ていけという暴言は吐けなくなった。少なくとも、私の前では相手が誰だろうが言えないわね。

「……わかったわ。じゃあ、この年増！」

「年増ですか。女ざかりは帝国内では二十歳と言われていますが、そんなものなのでしょうか。ところで失礼ですが、イエーヌ様はおいくつでしたかしら」

「十八歳だけど」

「では、私とひとつしか変わりませんわ。ということは、来年はイエーヌ様も私と同じ立場になるということですわね」

「え……？　ちょっと待って。あなたとわたしはひとつしか変わらないの？」

「ああ！　私が老けて見えるとおっしゃりたかったのですね！　ええ。家族が変わっておりまして、色々と苦労してきましたの。表情に明るさがないせいで、大きな子供がいてもおかしくない年齢に見えると言われたことがありますわ」

納得して頷くと、イエーヌ様は悔しそうな顔になった。まったく傷ついた様子のない私の反応は、彼女にとっては予想外であり、屈辱のようだった。

私が泣くとでも思っていたのかしら。もし、そんな人だったとしたら熊を倒すことなんて無理でしょう。

そうだわ。熊を倒した話は作り話だと伝えておかなくちゃ。

「あの、イエーヌ様」

「……何よ」

「私が熊を倒して食べたという話をお聞きになった」

ことはありますか？　と聞こうとしたのに、その前にイエーヌ様が叫ぶ。

「ひいっ！　よ、用事を思い出したわ！　今日はここで失礼させてもらいます！」

「え、あの、まだ疑似体験した気になっていないのですが」

「そ、そうね。この続きはまた今度、会うことがあればね！」

「では、お部屋にお伺いしますわ！」

「来ないで！」

イエーヌ様はヒステリックに叫ぶと、足早に去っていってしまった。

「大丈夫でしたか？　……っていないわね」

緑色の髪の女性に話しかけたつもりだったけれど、彼女はいつの間にか姿を消していた。

助けるべき相手ではなかったのか。社交辞令でも、お礼や謝罪ができない人と関わるのは御免だわ！　私の近寄りたくないリストに、彼女も入れておかないといけないわね。

「セリーナ嬢」

その時、耳に心地よいバリトンボイスで、私の名を呼んだ人がいた。この声の主は姿を見なくてもわかる。

「フェイク様、ごきげんよう」

振り返ってカーテシーをすると、フェイク様は軽く会釈を返してくれた。

彼の名前は異国語でニセモノという意味なのだという。フェイク様の名前を決めたのは、現在の皇帝陛下だと聞いている。

といっても、当時二歳だった子供がそんなことを言うわけがないから、周りの大人にどれが良いか選ばせられただけだと思う。

フェイク様は長身瘦躯で皇帝陛下ほどではないが、整った顔立ちをしている。紺色の髪に同じ色の瞳はとても綺麗で、メイドの間でも人気なのだそうだ。外見だけでも人気なのに、彼の声の良さに恋をしてしまう女性が多いため、フェイク様は必要以上に言葉を発さない。

そんな彼が皇帝陛下と側妃の伝達役をさせられているのだから、ただの嫌がらせだと、フェイク様はぼやいていた。

人と会話をしたがらないフェイク様が私にわざわざ話しかけてきたということは、何か大事な話があるのだと思って尋ねてみる。

「皇帝陛下から何か連絡がありましたか？」

「君を正妃の毒見係にすると伝えろと言ってきた」

「……はい？」

どういうこと？　側妃が正妃の毒見役だなんて意味がわからない。

「妹のために死ねるなら本望だろうと言いたいらしい」

「……ふざけないでほしいですわね」

ジュリエッタのために死ぬなんて、絶対にお断りだわ！

憤慨していたからか、フェイク様が皇帝陛下に連絡を取ってくれて、すぐに謁見できることになった。謁見の間には皇帝陛下だけでなくジュリエッタもいて、私と目が合うとジュリエッタはにこりと微笑んだ。

「お久しぶりですわね。お姉様」

「ジュリエッタ様、お久しぶりです」

私は妹のために命を捧げるような人間ではないので、距離を取るような言葉を返した。すると、ジュリエッタは眉尻を下げる。

「パクト様ぁ！　お姉様はやっぱり毒見役が嫌みたいです！」

「ジュリエッタ、どうしてそう思うんだ？」

「だって、お姉様の態度が他人行儀になっていますもの。わたしとお姉様は昔から仲が良かったんです。『ジュリエッタ様』なんて呼ばれたことは一度もありません！」

言い返したいけど、向こうは正妃で私は側妃。立場はジュリエッタが上になる。どうしようか迷っていると、壁際に兵士長と共に立っていたフェイク様が挙手する。

「兄上」

「なんだ、文句でもあるのか」

「私が何度か兄上の代わりに公務をした時がありましたが、その時に条件を出しましたよね」

「あ、ああ。オレが叶えられる範囲の願いを叶えるというやつか」

「そうです。今、お伝えしても良いでしょうか」

皇帝陛下は舌打ちをして、フェイク様を睨む。

「お前は何を願うんだ」

「これから、セリーナ妃が無礼な発言をしたとしても、罰を与えるような真似はしないでください」

「……仕方がないな」

大切な権利を私のために使ってくれたようで申し訳ない。だからこそ、遠慮なく言わせてもらうことにする。

「私にジュリエッタ様の毒見役をするようにとのことですが、それはどのような理由があるのでしょうか」

自分以外の誰かが死んでも良いというわけじゃない。でも、自分を守るためには誰かを犠牲にしなければならない時もある。毒見役は危険な仕事ではあるが、誰かを守るために必要な職業であり、その分の報酬は高い。かといって、どうでも良い誰かのために毒見役になろうという人もそういない。必ず何か理由があるものだ。私はジュリエッタのために死にたくないから、彼女の毒見役なんて御免だった。

「毒見役をお前に決めたのは、ジュリエッタが望んだからだ」

皇帝陛下が答えると、ジュリエッタは涙ながらに訴えてくる。

「だって仕方がないじゃないですか。わたしのせいで誰かが死んだら嫌ですもの」

「ジュリエッタ様は私のことを不死身だと思っているのですか？　毒見をして、その料理に毒が含まれていたら私だって普通に死にます」

「そ、それは、その、まだ、家族だから諦めがつくじゃないですか」

「家族だから嫌だとは言わないのですね。ジュリエッタ様はとてもお優しいです」

微笑んで言うと、ジュリエッタの表情が一瞬だけひきつったが、他の人はそのことに気づいていないようだった。

「とにかく、お前はジュリエッタの毒見役になるんだ！　いいな⁉」

「……お断りします」

この人は自分が何を言っているのか理解しているのかしら。毒見役になれだなんて側妃に正妃のために死ねって言っているようなものよね？　大体、どうして私がジュリエッタのために命を投げ出さなくちゃいけないのよ。そんな話を素直に受けると思われていたのなら心外だわ。

「オレの命令に従わないつもりか⁉」

椅子から立ち上がって声を荒らげる陛下に笑顔で応える。

「私も自分の命が惜しいですから、お断りするのは当たり前のことかと」

「そ、それはそうかもしれないが、正妃のために死ねるなら本望だろう！」

「陛下、側妃は正妃のためにいるわけではありません。陛下のためにいるのです」

「な、なら、オレのために……」

「では、こうしてはいかがでしょう。毒見役はできませんが、私がジュリエッタ様の食事を作ります。それなら、毒見役は必要ありませんし、ジュリエッタ様は温かい料理が食べられますよ」

遅効性の毒もあるので、毒見後に時間を空けてからでないと食事はできない。だから、温かい料理も冷めてしまう。ジュリエッタがそれをとても嫌がっていたことを私は覚えていた。

案の定、彼女は私の提案に食いつく。

「それで良いですわ！　お姉様が作ったものであれば安心ですもの」

「ありがとうございます」

宮殿の食事の材料は一級品でしょう。まあ、料理を作るのは私だから、どんな味になるかわからないけどね。

「本気なのか」

謁見の間を出ると、あとから追いかけてきたフェイク様に声をかけられた。

「もちろんですわ。公爵家にいた時に、料理をしているところを見たことはありますし、こったものでなければ作れると思います。ですが、レパートリーは少ないですから、料理長に色々と教えてもらおうと思います」

「君は側妃だぞ」

「皇帝陛下が許可しているのですから、良いのではないでしょうか」

笑顔で答えてから、フェイク様に深々と頭を下げる。

「先程はありがとうございました。本当に助かりましたが、いざという時に必要なものだったのではないのですか？」

「あと、五回はあるから気にするな」

「……それなら良かったですわ」

　フェイク様は皇帝陛下と違い、ジュリエッタのことが苦手だから、私の味方になってくれるので本当に助かる。でも、フェイク様は皇帝陛下と仲が良くないから、下手なことをすれば彼自身の立場も危なくなる。何かあった時に有利になるものは持っていてほしかったので、まだ願いを聞いてもらう権利が残っているとわかってホッとした。

　そのまま立ち話を続けていると、兵士長も中から出てきたので、これからのことについて話をしながら別宮に戻ることにした。


　次の日の朝、改めてジュリエッタから連絡があり、私が食事を作るのは夕食だけで三日後からにしてほしいとのことだった。それまでの間に料理の練習をしろという。

　食材がもったいないから、わざと美味しくないものを作るつもりはない。味の薄いものを作り、ジュリエッタの健康のために考えたと言い張るつもりでいた。

　ジュリエッタには公爵家の時から可愛がっていた侍女が今も一緒にいるから、その侍女が私の考えを見抜いたのかもしれない。このままではジュリエッタを喜ばせるだけになってしまう。

　そう思って、料理長に相談してみた。

「ジュリエッタ様には食べ物の好き嫌いはないのでしょうか」

「……そうね。あの子は野菜と魚が嫌いだから、食べているところを見たことはないわ」

「では、肉料理ばかり食べてこられたということでしょうか」

「ええ、そうよ。たくさん食べているのに太らないのだから羨ましいわ」

「では、不自然ではない程度に野菜と魚を献立に入れたほうが良さそうですね」

「そうしましょう。文句を言われることがあっても、ジュリエッタ様の健康のためと答えれば良いもの」

意地悪をしていると言われないために肉料理も入れることにして、メインディッシュを日によって変えていくことにした。


そして三日後、宮殿の厨房を借りて作った料理を運ぶと、ジュリエッタは絶叫した。

「いやあああっ！　何これ、気持ち悪いっ！」

塩で味付けしただけのものだけど、新鮮だから美味しくないわけがない。

ジュリエッタが絶叫した理由は料理の見た目だった。食卓に魚料理が並べられる際には、魚の頭はない状態だが、今回は串に刺して丸焼きにしているため、魚の頭はそのままになっている。ジュリエッタにはその見た目が不快に思うらしい。

「私も食べてみたけど美味しかったですわ。生命の恵みに感謝して食べてくださいね」

微笑んで言うと、ジュリエッタは涙目で何度も首を横に振った。

結局、ジュリエッタは泣きじゃくって食事を拒否し、その日の夕食をとることはできなかった。

自分の部屋に戻れば菓子を食べるでしょうから、空腹で困ることはないはずだ。皇帝陛下は魚が嫌いじゃなかったので「そんなに泣くことでもないだろう」と引いていただけでなく、代わりに食べて「うまい！」と絶賛していた。

そのこともあり、私が何か言われることはなかった。

死んだ魚の目が怖いという気持ちはわからないでもないが、嫌なら残せば良いだけで、無理矢理食べる必要はない。魚なら宮殿の庭にいる雑食の動物たちは喜んで食べるでしょう。

骨を砕いたり塩抜きをする必要はあるかもしれないけれど、きっと残さず綺麗に食べてくれるはずだ。今日のジュリエッタは本気で嫌がっている様子だったから、魚の丸焼きはやめろと言われるかもしれない。

そう思っていたのに、皇帝陛下があの味を気に入ってしまったため、自分の分も出せと言い始めたので困った。

私も食べてみたら美味しかったから、気持ちはわかる。だけど、皇帝陛下に「貴族のくせにあんなものを出すとは面白い女だ」と言われた時は、魚を出したことを後悔した。

次の日、料理長とは魚料理は別のものにしようという話になり、野菜メインに切り替えることにした。

子供みたいに泣き喚かれたのではイラッとする……ではなく、弱い者いじめをしているみたいで気が引けたのだ。それに、皇帝陛下を喜ばせたくもない。

その日から、今まで以上に厨房に通い始めたおかげで、私は料理長だけでなく、他の料理人とも話をするようになった。

すると、私の専属メイドのロニナも知らなかった噂がたくさん出てきて、聞いているだけで嫌な気分になった。ジュリエッタが流した噂だけでなく、イエーヌ様までもが『あの方は夜な夜な生贄を探して別宮内をうろついている』などと変な作り話を流していたからだ。

側妃になっても相変わらず、私に敵意を向けてくる人はいる。でも、他の側妃に付いているメイドの何人かが自分の休みの日に私の面倒を見に来てくれるようになったので、環境は改善していた。

ロニナが安心して休みを取れるようになったのは本当に良かった。いらないと言われたけれど、来てくれたメイドに少ないながらも給金は出すつもりだ。

今日は雲ひとつない青空が広がり、心地よい気温の日だったので、ロニナと一緒に庭を散歩していると、フェイク様と出会った。

「ごきげんよう」

「久しぶりだな」

「そうですわね。フェイク様がお元気そうで良かったですわ」

「ありがとう。君も上手くやっているようで良かったよ」

「上手くやれているかはわかりませんが、今のところは楽しく過ごせていますわ」

「そうか。なら良かった」

安堵したように見えたので尋ねてみる。

「もしかして、心配してくださっていたのですか？」

「まあな。だが、君は他の側妃と違ってしっかりしているから、大きなお世話だったみたいだ」

「いいえ。お気持ちはとても嬉しいです」

「大丈夫だとは思うが、何かあれば連絡してくれ。力になれるように努力する」

「ありがとうございます。とても心強いです。フェイク様もご無理はなさらないようにしてください」

「ありがとう」

フェイク様は頷くと、忙しいのか足早に去っていった。のんびり過ごしたいという気持ちはあるけれど、忙しそうにしている人を見ると、手伝ったほうが良いのかと思ってしまうのは、私の悪い癖なのでしょうね。

「セリーナ様、良い茶葉が入ったと料理長から連絡がありました。よろしければ、お庭でいかがですか?」

　フェイク様を見送ってすぐにロニナが話しかけてきたので、私はありがたく申し出を受けることにした。


　順調に日々を過ごしていた、ある日のこと。料理長たちと厨房で話をしていると、フェイク様の専属メイドの女性がやってきた。

　名はキャリーといい、彼女はフェイク様の乳母だったそうで、フェイク様にとっては本当の母親のような存在の人だと聞いている。そんなキャリーさんが料理長に話しかけた。

「今日のフェイク様の夕飯を軽食にしてほしいのです」

「体調が良くないの?」

　気になって、料理長よりも先に尋ねると、キャリーさんは眉尻を下げて首を横に振る。

「いいえ。仕事がお忙しいのです」

「……そうなのね」

「……セリーナ様は聞いておられませんか?」

「何をかしら」

　聞き返すと、キャリーさんは料理長たちのほうを見た。他の人には聞かれたくないのだとわかり、場所を移動することにした。

私の部屋に来てもらい、ソファに座ってもらうと、私に今からする話を他言しないことを約束させてから、キャリーさんは話し始める。

「もうすぐ、ジュリエッタ様と皇帝陛下の結婚祝いのパーティーが開かれることはご存じでしょうか」

「それは知っているわ」

欠席するつもりだけど。

「招待状を手配するのはジュリエッタ様の役目だったのですが、パーティーの招待状を間違って断交している国の国王に送ってしまったのです」

「……誰も確認をしていなかったの？」

「ジュリエッタ様の侍女がしていました。本来ならば結婚したという報告の手紙を送るべきところを間違えて、パーティーの招待状を送ってしまったのです。問題は向こう側が出席すると言ってきたことでして」

今さら、間違いでしたなんて言えないといったところかしら。大きすぎるミスではあるけれど、そんな時は謝るしかないでしょう。

「それはジュリエッタ様のミスでしょう。どうしてフェイク様が関係してくるの？」

「皇帝陛下が事をおさめようと乗り出されたところ、相手側はパーティーには行かないけれど、観光はしたいので案内してくれる女性を紹介してほしいというのです」

「女性と限定される理由がわからないけれど、それならジュリエッタ様に案内させれば良いじゃないの」

警備は大変だけど、ジュリエッタがやってしまったことなのだから、悪いと思っているのであればそれくらいはするべきだ。相手も相手で大人げないことは確かだけどね。

「……それが、若い女性が好きだということで有名な方なのです。皇帝陛下は犠牲にしても良いと思う女性を選べとフェイク様に言ってこられたのです」

何よ、それ。明らかな嫌がらせじゃないの。そんなことを言われたら、誰も選べるわけがないじゃない！

フェイク様の様子が気になった私は、キャリーさんと一緒にフェイク様の部屋に向かうことにした。

あくまでも私は皇帝陛下の側妃なので、義理の弟とはいえ、独身男性のフェイク様の部屋でふたりきりになることはできない。気分転換するためにとフェイク様を中庭に連れ出し、詳しい話を聞いてみる。

「何か、困っていらっしゃるようですわね」

「……話を聞いたのか」

「話とはどういうことでしょう？　私が聞いているのは、夕食を軽食にしなければならない理由ですわ」

キャリーさんが話したということはわかっていると思うけれど、私の口から言うのは違うと思った。だから、そう聞いてみると、フェイク様も納得してくれたようで「君だから話すが」と前置きしてから話し始めた。

ジュリエッタのミスの対応を押しつけられたが、どうしたら良いか迷っているらしい。

「嫌な思いをすることがわかっているのに、誰かに国王の相手をしてくれとは言い出しにくい」

「嫌な思いというのは具体的にはどのようなことなのでしょう」

「さりげなく体に触れてくるらしい。調子に乗ると、尻や胸を堂々と触るそうだ。本人は悪気がないから困る」

「そういう方は貴族にもいらっしゃいますわね」

「平民の間ではエロオヤジと言われているらしい」

「そんな呼び方があるのですね」

庭の白いガゼボに近づいてきたところで、ふんっ、ふんっという声が聞こえてきた。何の音だろうと思って答えを求めるようにフェイク様を見ると、彼も不思議そうな顔をしている。

答えを探して声が聞こえてくるガゼボの中を見てみると複数のメイドとイエーヌ様がいた。イエーヌ様はなぜか、丸い銀(シルバー)トレイを持って素振りをしていた。

「これでっ、あの、おんな、をっ、退治、してやるわっ！」

あの女というのは私のことかしら。どうやら、銀トレイで私を殴る練習をしているらしい。

彼女たちには見えにくい位置に立ち、その様子をもう少しだけ眺める。

「わたしの、手でっ、悪を退治するのよ！」

メイドたちに話しかけているみたいだけど、誰も返事をしない。どう反応したら良いのか困っているみたいね。

黙って見守っていると、フェイク様が小声で尋ねてくる。

「悪というのは誰のことなんだろうか」

「きっと私のことだと思います」

私も小声で答えると、フェイク様は不思議そうな顔をする。

「君はどうして、彼女に嫌われているんだ」

「たぶん、性格が合わないだけですわ」

「……そうか。イエーヌ嬢は誰かと考え方が違うと、その人のことを悪だと思ってしまう人間なんだな」

納得した様子のフェイク様に、軽く頭を下げる。

「話をしてまいりますので、少しだけお待ちいただけますか」

フェイク様が頷いたことを確認し、ひとりで近づいていくと、私に気がついたイエーヌ様が叫ぶ。

「近づかないでちょうだい！　近づけば容赦なく退治させてもらうわ！」

イエーヌ様は銀トレイを持った手を前に突き出して叫んだ。

「あの、おっしゃっている意味がわからないのですが」

「わからなくても良いわ！　わかろうがわかるまいが、あなたは悪人だということは変わらないからね！」

「悪人と言われるほど酷いことをした覚えがないのですが、私はどんなことをしたのでしょうか」

ジュリエッタの作り話も酷かったけど、イエーヌ様の作り話も酷かった。どんなことを言うのかなんとなく予想はついたけど、本人に尋ねてみることにした。すると、イエーヌ様は言葉につまりながらも話し始める。

「そ、そうね。ほら、そうよ。あなたは野蛮な食べ物を食べさせると聞いたわ」

「野蛮、ですか。例えばどんなものでしょう？」

「む、虫とかよ」

「虫も地域によっては食べ物ですわよ。側妃のひとりなのですから、他国を悪く言っているようにも聞こえる発言は控えるべきだと思います」

「うるさいわね、説教しないでよ！　この国のルールってものがあるのよ！　虫を食べる国のことは関係ないわ！」

「ノベリルノ帝国でも虫を食べることは禁止されておりません。それから確認したいのですが、食べさせると聞いたということは、私がジュリエッタ様に、そのような食事を出したと言いたいのですか？」

「ち、違うわよ！　昔からそうだったんでしょう⁉」

メイドたちが話を聞いているから、自分の言っていたことが作り話だとバレるのは嫌みたいで、イエーヌ様は焦った顔で叫んだ。

「昔から？　そんなことがあるわけないではないですか。イエーヌ様は住んでいた国が違いますから、私の過去を知らないかと思いますのでお伝えしますが、私とジュリエッタ様は姉妹です。そして、公爵令嬢なんです」

「そ、それがどうしたって言うのよ！」

「公爵令嬢は料理なんてしません」

私がきっぱりと答えただけでなく、それが当たり前のことだと気がついたのか、イエーヌ様は視線を宙に泳がせる。

「お、おかしいわね。あなたから聞いたような気がしたんだけど」

「私とイエーヌ様は雑談をするような仲ではありませんので、私が言ったのではありませんね。人から聞いただけで本人に確認もしていない話を言いふらすのはおやめください。品位を疑われますよ」

「何を偉そうに！」

「私とあなたは側妃です。同等の立場ですわ」

「それならもっと下手に出なさいよ！」

「同等の意味を理解しておられます？」

わざと肩をすくめてみせると、イエーヌ様は顔を真っ赤にして睨みつけてきた。

相手をするのが馬鹿らしくなってきたわ。

ふと、イエーヌ様の後ろに立っているメイドたちを見ると、必死に笑いをこらえていた。主人が怒られているのに笑っていたら、メイドたちがクビになってしまう。イエーヌ様に悟られないうちにやめておいたほうがいいわね。今日はここで切り上げましょう。

……いや、ちょっと待って。

「イエーヌ様は私よりも偉いのですわよね？」

「そうよ」

「貴賓のお相手をするのは偉い方の仕事だと思いませんか」

「そ、そうね。というか、いきなり何なのよ」

「近々、位の高いお客様がやってこられるのです。その方のお相手をしてくださる方を探しておりまして」

「何よ！　わたしにやれと言うの⁉」

「イエーヌ様にはできませんか？」

イエーヌ様は私の言い方が気に食わなかったらしい。右手に銀トレイを握りしめたまま、左手を胸に当てて叫ぶ。

「できないわけがないでしょう！　どんな相手だろうが完璧に対応してみせるわ！」

「ありがとうございます！　では、お願いしたい方がいらっしゃいますので、ぜひ、よろしくお願いいたします！」

笑顔でお願いすると、イエーヌ様はしまった、と言わんばかりの顔になった。

騙すような形になってしまったけれど、イエーヌ様がやると言ったのだから、遠慮なくお願いすることに決めた。これで少しは、フェイク様の役に立てたならいいのだけど。

イエーヌ様にはまた連絡すると伝えてから、フェイク様の所に戻って先程の内容を伝えた。

「これで美味しい夕食がとれますわね」

「騙しているような気がして気が引けるんだが」

「イエーヌ様にやると言わせたのは私ですから、フェイク様は気になさらなくて大丈夫ですわ」

「いや、そういうわけにはいかないだろう」

躊躇しているフェイク様に、私は笑顔で続ける。

「イエーヌ様はワガママとはいえ側妃ですし、元々は公爵令嬢です。そう簡単に壊れる精神ではありませんわ。マナーも教えられているでしょうから、無礼なことをせずに上手くこなしてくださるはずです」

「それはそうかもしれないが」

「イエーヌ様を信じましょう。嫌なことは嫌だと言える人ですから、よっぽどのことがあれば周りに助けを求めるはずです」

相手が私なら皇帝陛下も大事にしないかもしれない。

でも、イエーヌ様が嫌なことをされたら動くはずだ。

ロニナから聞いた話では、私以外の側妃は皇帝陛下の寝室に何度も訪れていると聞いた。私にお呼びがかからないのは、ジュリエッタたちのおかげらしいので、そこは感謝している。

彼女たちは嫌がらせのつもりでしょうけどね。

「……そうだな。相手も変人とはいえ、自分が可愛いだろう」

「……へんじん」

エロオヤジ扱いだったのに変人という特徴が追加されてしまった。

まあ、変わった人じゃないと国のトップというものは務まらないのかもしれない。……ということにしましょう。

「そういえば、どうして彼女は銀トレイを持っていたんだろうか」

「……わかりません。メイドから借りたのかもしれませんね。というか、そこまで恨みを買うようなことをした記憶はないのですけれど」

「……側妃の中でも順位付けがあるそうだ。最下位は他の側妃から見下されるらしい」

「私は最下位なのでしょうね」

「くだらないから、そこまで調べてない」

気にしなければならない私が気にしていないのだから、フェイク様が興味を持たないのは当たり前だ。

部屋まで送ってくれたフェイク様は別れ際に微笑む。

「言い忘れていた。助けてくれてありがとう」

「お役に立てたのであれば光栄ですわ」

以前、助けてもらった恩がある。これであの時の恩に報いることができたのなら良い。

寂しくなるけれど、フェイク様はいつかこの別宮を出ていく日が来るのよね。それまでに、ここでのんびり暮らしていても文句を言われることができないくらいの功績を挙げないといけないわ。


数時間後、皇帝陛下の許可も下りたので、フェイク様と一緒にイエーヌ様にお願いに行くと、相手の名前を聞いた彼女は、甲高い声で叫ぶ。

「ちょっと！　気持ち悪いって有名な国王じゃないの！　絶対に嫌よ！」

「そんな国王のお相手を無事に務められるのはイエーヌ様しかいませんわ！」

「持ち上げても無駄よ！　あなたの魂胆はわかっているわ！」

冷静になって気がついたみたいね。思っていたよりかはお馬鹿さんじゃなかったみたい。私からすれば都合は悪いけど、生きていく上では良いことだわ。

「私はイエーヌ様だからこそ、お願いできると思ったのです」

「まあ、わたしはあなたと比べてできる女だから、それは間違っていないわ」

イエーヌ様は頷いたあと、私の顔を指差して続ける。

「わかったわ。やってやろうじゃないの。そのかわり、あなたを殴らせてちょうだい！」

「どうして殴られなければならないのでしょうか」

「あなたは側妃の中ではわたしよりも順位が下だからよ！」

勝手につけられた順位で殴られる意味がわからない。でも、それで気が済むのなら一度くらいなら良いでしょう。フェイク様のためだわ。

「そんなことは認められない」

私が了承する前にフェイク様が言葉を発すると、イエーヌ様は声の良さにうっとりとした表情になった。フェイク様には「お気遣いありがとうございます」と頭を下げて、イエーヌ様に話しかける。

「申し訳ございませんが、ジュリエッタ様の夕食が作れなくなりますから怪我はしたくありません」

「だ、大丈夫よ！　銀トレイの威力を試したいだけだから！」

そう言って、イエーヌ様は後ろに控えていたメイドから銀トレイを受け取った。

イエーヌ様の所に行く前に、ロニナに銀トレイの話について聞いてみると、異国で流行している武器兼防具だと教えてくれた。普通の銀トレイとは違っていて、少し硬めに作られているらしいから、殴られるとかなりのダメージがありそうだ。

「頭はやめてくださいね。もし、それで私が死んだら殺人犯になりますわよ」

「う、上手くもみ消してもらうわ！」

「夜に枕元に立ちますよ」

「やめてよ！　怖いじゃないの！」

「怖いと思うのであればおやめください」

これ見よがしに大きなため息を吐くと、イエーヌ様は前触れもなく銀トレイを、私の顔めがけて振り上げた。

バインという鈍い音は聞こえたけれど、痛みを感じることはなかった。不思議に思って目の前のイエーヌ様を見ると、驚いた顔をしている。

「いい加減にしてくれ。こんなことをすれば、子供でも許されないぞ」

フェイク様が銀トレイを自分の手のひらで受け止めてくれていたのだとわかり、慌てて、フェイク様に話しかける。

「あ、ありがとうございます、フェイク様。あの、お怪我はありませんか」

「怪我はないし、大した痛みもない」

「それなら良かったのですが」

私とイエーヌ様に冷たい視線を送ると、彼女の顔は真っ青になっていた。

イエーヌ様は同等の立場……、ではなく、彼女の中で私は格下だ。だけど、相手がフェイク様の場合は違う。フェイク様は彼女よりも上の立場にある。フェイク様の手を叩いてしまったのだから、お咎めなしだなんてことはありえない。

「謝罪もなしか」

フェイク様が吐き捨てるように言うと、イエーヌ様は慌てて頭を下げる。

「申し訳ございませんでした！　フェイク様に何かしようとしたわけではございません！」

「そういう問題じゃない」

フェイク様はため息を吐いたあと、後ろで見守っていたキャリーさんに話しかける。

「彼女に資料を渡してくれ」

「……承知しました」

キャリーさんは顔面蒼白状態のイエーヌ様に書類を差し出す。

「ロエノウ陛下について調べたものをまとめております」

「プランの参考にしてくれ。それから、行程が決まったら連絡してほしい。警備の手配は俺がする」

「……承知いたしました」

断りたくても断れない状況になったイエーヌ様を見て、自業自得だと思いつつも、少しだけ憐れんでしまう。

「手の件については、また連絡する」

フェイク様に言われたイエーヌ様の目には涙が浮かんでいた。

＊＊＊＊＊

エロオヤジのことはイエーヌ様に任せることができたし、しばらくのんびりしてから動こうと思った次の日、ジュリエッタが別宮に訪ねてきた。

「悪いけど、忙しいと言って帰ってもらってくれる？」

自室で新メニュー開発のために試作したスイーツを食べながらそう言うと、ロニナは嫌な顔はせずに頷いて部屋から出ていった。

食べ終えたあとに本を読むことにしたけど集中できない。ジュリエッタは私に何の用事なのかしら。そんなことを考えていると、ロニナが戻ってきた。その手にはピンク色の封筒が握られている。

「ジュリエッタ様からお手紙をお預かりしました。大事なことだから検閲はしないようにと言われました」

「……ありがとう」

普段は先にロニナに読んでもらうけど、今回はそれができないということだ。扉の外ではミルエットが聞き耳を立てているでしょうし、読むくらいはしてあげないと駄目よね。

さて、どんなことが書かれてあるのかしら。

緊張しながら手紙を読んだあと、すぐに破ってゴミ箱に捨てた。そんな私を見たロニナが慌てた顔で尋ねてくる。

「セリーナ様、どうかされましたか？」

「くだらない手紙だったわ」

ジュリエッタからの手紙には『魚の件からパクト様が冷たいの！　仕事をたくさんまわされるし、捌(さば)ききれなくて死にそう。側妃なんだから手伝ってよ。というか、姉でしょう？　妹を助けるべきだわ』と書かれていた。

それだけなら無視すれば良かった。でも、続きに書かれていた文章のせいで無視もできなかった。

『パクト様はお姉様が仕事を手伝ってくれるなら、パーティーを欠席しても良いけど、手伝わないならパーティーに出席しろと言っているわ。だから、パーティーに出席したくなければ手伝ってね！』

裏を返せば、出席すれば手伝わなくて良くなる。でも、一度手伝ったら、ずっと手伝わなければならなくなるでしょう。仕方がないから、パーティーに出席はしてあげるわ。

パーティーに出席すると連絡を入れた、その日の夜のことだった。

皇帝陛下は仕事をしていて夕食を共にすることができないため、ジュリエッタだけがダイニングルームにいた。人払いがされているらしく、この場には私とジュリエッタしかいない。

「お姉様、本当に出席するつもりなの？　正妃を披露するパーティーなのよ。惨めな思いをするってことがわからないくらいに馬鹿なの？」

ジュリエッタは私が手伝いを断るとは思っていなかったようで、食事をそっちのけにして訴えてきた。

せっかく温かい料理を出しているのにもったいないわ。でも、答えなければうるさいので、料理を目の前に置いてあげながら答える。

「惨めな思いをするかどうかは、私の考え方次第よね」

自分にとってどうでもいい人間に蔑まれようが憐(あわ)れまれようが、惨めだと思う必要はない。

「強がったって無駄よ。わたしは正妃だし、見た目だってお姉様よりも美しいんだから！」

外見の良さはジュリエッタには勝てない。とはいえ、わかる人には彼女の笑顔が作り物だということはわかるはずだ。

私の笑顔だって大抵のものは社交辞令で、その笑顔が本当かそうでないか見抜ける人は今までの経験上少ない。

今までのジュリエッタは幸せだったから、愛想笑いができていた。でも、今は違う。正妃になったことを明らかに後悔しているのがわかる。

ということは、パーティーで惨めな思いをする可能性が高いのは、自分のほうだと、どうして気がつかないのかしら。私のように最初から評判が地に落ちている人間は、それ以下になることはないのよ。

「……お姉様、もしかして、今、幸せだったりするの？」

どう答えたらジュリエッタに少しでも多くダメージを与えられるのか、少しの間だけ考える。

正直に幸せだといえば、何かと関わってこようとするかもしれない。だけど、幸せじゃないって言うのも癪なのよね。

「……そうね。あなたと一緒に過ごす必要がなくなったから、とても幸せになったわ。食事を作るのは苦痛だけどね」

当たり前のことかもしれないが、料理長や他の料理人は野菜や果物の皮むきを苦もなくやっている。私の場合は皮むきに挑戦してみると、果実が元々の半分くらいの大きさになってしまうし、皮むきをしてもらった野菜を一口サイズに切ったつもりなのだが、切り方が大きすぎて雑だと言われる。たぶん、私に料理は向いていないわ。

「でも、幸せなんでしょう？　なら、妹を楽にしてあげようと思わない？」

「えっ⁉　ジュリエッタ、あなたは幸せじゃないの？」

白々しく尋ねるとジュリエッタは顔を真っ赤にし、立ち上がって叫ぶ。

「幸せに決まっているでしょう！　わたしは正妃なの！　とても偉いのよ！　贅沢な暮らしをしているんだから！」

「なら、私は何もしなくても良いわよね。あなたが幸せだと言うのなら、すでに楽をしているということでしょう」

「ち、違うわ。もっと、幸せになりたいのよ」

「そうなの？　でも無理ね。だって、あなたよりも偉い皇帝陛下が、パーティーに出席するなら仕事を手伝わなくても良いと言っているんだから」

にこりと微笑んでみせると、ジュリエッタは悔しそうに唇を噛んだ。

長年嫌がらせを続けても無駄だったのに、まだ私に勝負を挑んでくるなんて、ジュリエッタは本当にお馬鹿さんだわ。

そのことを言ってあげようと思った時、ダイニングルームの扉が開いた。入ってきたのは皇帝陛下で、私を見て笑みを浮かべる。

「久しぶりだな。以前に比べて見られるようになったじゃないか」

「ありがとうございます」

ジュリエッタと離れてストレスが激減した分、私の肌や髪の艶はかなり良くなっている。そのことを褒めてくれているのだとわかった。

この人に褒められても、まったくもって嬉しくはないけど。

皇帝陛下は笑顔のまま私に近づいてくると、なぜか手を差し出してきた。意味がわからなくてカーテシーをして挨拶をすると、皇帝陛下は手をそのままの状態で口を開く。

「ジュリエッタはミスばかりで困っている。やっぱり、お前を正妃にしてやってもいいぞ」

――馬鹿なの？

「どうした、嬉しくて言葉が出ないのか？」

皇帝陛下の発言が信じられなくて、私もジュリエッタも何も言わずに、しばし固まっていた。

皇帝陛下は、私たちの様子を前向きな意味合いで受け取ったらしく、笑顔で私の手を取ろうとした。

「ジュリエッタ様は可愛らしいところがありまして、緊張するとすぐにミスをしてしまうのです。仕事に慣れましたら、すぐにそんなこともなくなりますわ」

我に返った私は皇帝陛下の手から上手く逃れ、ジュリエッタに微笑みかける。

「ねえ、ジュリエッタ様。そうでしょう？」

「……そ、そうです。早く仕事をしなければいけないと思って、焦ってしまったんだと思います」

「……そうか。なら、しょうがないな」

皇帝陛下は納得したように頷いたあと、ジュリエッタの前に置かれている食事に目を向ける。

「おお、今日も旨そうだな。これからはオレの分も作ってもらおうかな」

迷惑だわ。でも、私は一応彼の妻だ。夫が望んでいるものをなんの理由も無しに断るわけにはいかない。それに、私の分も作っているからひとり分増えてもそう変わらないけれど、気分的に作りたくないわ。

「……私はかまいませんが、私が陛下の料理を作るとなれば、専属の料理人が悲しむのではないでしょうか」

「そう言われればそうだな。オレの食事を作れるという光栄な仕事を奪われたら、ショックを受けるに違いない」

皇帝陛下は胸の前で腕を組み、うんうんと頷いた。

この人は自分が好きで、周りにも愛されていると思っている。まあ、宮殿内には彼を慕っている人もいるし、彼の外見が好きだと言う女性も多いから、ただの思い込みというわけでもないわね。

モラルがないのは立場上仕方がないにしても、人の気持ちを考えられる人になってほしいものだわ。それに私は私で、謝られたからってすぐに許すような性格の良い人間じゃないのよ。

私はのんびり暮らしたいの。皇帝陛下に興味を持たれては困る。

そう思った時、大人しくしていたジュリエッタが叫ぶ。

「パクト様、酷いですっ！」

ジュリエッタも私に負けるわけにはいかないようで、必死に訴え始める。

「わたしだって頑張っているんです！　どうしてそれを認めてくださらないのですか⁉」

「ああ、すまなかった。だがな、胃袋をつかまれると、その相手を良く思うようになるんだ」

これからまずく作れと遠回しに言っているととったほうが良いのかもしれない。

「では、私は失礼いたします」

皇帝陛下とジュリエッタにカーテシーをして背を向ける。

野菜料理をメインにすると、ジュリエッタは嫌な顔をしていた。だから、私の気分は晴れるし、ジュリエッタも健康にはなるから、それで良いと思っていた。

料理の味付けは料理長にも確認してもらっているから、美味しくなりすぎてしまったのかもしれない。異国の調味料がとても美味しいので、ついつい使ってしまっていたのよね。ここは反省しないといけないところだわ。

「おい、セリーナ」

「おふたりで楽しいひとときをお過ごしくださいませ」

聞こえなかったふりをして扉を開けると、ちょうど皇帝陛下の分の食事が運ばれてきたところだった。

「良いタイミングだわ」

メイドに微笑みかけると、小さく一礼して私と入れ替わりに中に入っていった。メイドのおかげで上手く立ち去ることができた。

美味しいものを作れば作るほど、皇帝陛下に気に入られてしまう。そうならないように、これからのメニューを料理長に相談しないといけないわ。

ダイニングルームでの一件があってから、ジュリエッタは気を引き締めて頑張った。それでも、皇帝陛下はジュリエッタのことを容姿しか認めなかった。

ただ、皇帝陛下の中での人を見る基準は容姿が一番の判断材料らしく、なんだかんだとジュリエッタを見捨てることはなかった。

問題は皇帝陛下の寝室に、私が呼ばれることになったことだ。でも、ジュリエッタや他の側妃が邪魔してくれたおかげで一度も行っていない。

これ以上興味を持たれないように皇帝陛下の好みではないメイクをしたりして、気の抜くことのできない日々を過ごしたのだった。

＊＊＊＊＊

あっという間に日は過ぎてパーティーの日になった。きらびやかなダンスホールに足を踏み入れると、そこにはすでに多くの人が集まっていた。

イエーヌ様とエロオヤジはパーティーには出席せずに、今の時間だとディナーを共にしている頃だ。

一応、私も挨拶はしたけれど、彼の好みではないらしく、イエーヌ様のことだけをなめまわすように見ていて不快だった。お出迎えした時のイエーヌ様は皇帝陛下の前ということもあり、笑顔を絶やさなかった。でも、メイドに銀トレイを持たせていたから、あまりにも酷ければお酒の席で酔ったふりをして殴るつもりなのかもしれない。もしくは、向こうが泥酔してしまえば、殴られたことは忘れてしまうでしょうし、その手でいくのかもしれない。

仮に覚えていたとしても酔っぱらいの記憶は曖昧だから、そんなことはしていないと言い張れば良い。

イエーヌ様は本当のお嬢様だから、腕力なんてほとんどない。カバンを自分で持ち歩いたこともないそうだし、辞書を持つのにも一苦労だそうだ。

そんな力では、よほど打ちどころが悪くない限り、殴られた側が死ぬことはないだろうし、傷や痕も残らないでしょう。

イエーヌ様のことが気になるけれど、私は私でそれどころではなかった。出席してすぐに両親が私を見つけて近づいてきたからだ。

「お久しぶりですわね」

家族と会うのは結婚して以来のことだ。

「お前は馬鹿なことばかりしているそうだな」

お父様はニヤニヤと嫌な笑みを浮かべて話しかけてきた。

きっと、私の変な噂をジュリエッタから聞いたのね。

「ジュリエッタ様の食事を作る以外は部屋で大人しくしていますわ。それとも、食事を作ることが馬鹿なことだとおっしゃるのでしょうか」

「ち、違う！　正妃のために動くことは良いことだ」

「では、自室でのんびりすることが馬鹿なことだとおっしゃるのですか？」

「し、仕事もせずに、ゴロゴロしていることは良くない！」

「皇帝陛下からのお呼び出しがかかっても、他の側妃の方々が行きたいと言ってくるのです。それならば出しゃばらずにお譲りするべきでしょう」

ぐぬぬぬと、お父様は変な声をあげて、私を睨みつけた。

顔が真っ赤になっている姿は本当に滑稽だわ。

「では、ごきげんよう、お父様、お母様」

優雅にカーテシーをして場所を移動しようとすると、お母様が叫ぶ。

「セリーナ！　あなたは姉なのだから、ちゃんと妹の世話をしなさい！」

「お互いに嫁いでいるのです。姉だから世話をしなければならないなんておかしいですわ。どうしてもと言うのであれば、侍女かメイドを雇えば良いかと思います。というか、すでにいますでしょう」

「側妃として正妃に尽くすべきだわ！」

「側妃は正妃の世話係ではありません」

冷たく言い返した時、会場内が静まり返っていることに気がついた。周りを見ると、みんな同じ方向を向いて口を閉ざしている。

「オレの話を聞いてくれ！」

皇帝陛下の声が聞こえた瞬間、私もみんなにならって、壇上に目を向ける。

「今日は集まってくれてありがとう。悪いが、近い内に正妃を変更するかもしれない」

この人、一体何を言っているのよ。披露パーティーで言う話じゃないでしょう！

ジュリエッタに視線を移すと、驚愕した表情で皇帝陛下を見つめていた。

「な、なんてことだ！」

「なんてことなの！」

両親は慌てた様子でジュリエッタのほうに走っていく。それと入れ替わるように、私に近寄ってきて話しかけてきた人がいた。

「一体、何を考えているんだかわからないな」

「フェイク様！　出席されていたのですね」

黒のタキシード姿のフェイク様はいつもと雰囲気が違い、これはこれで素敵だ。近くにいた若い女性は、パートナーがいるにもかかわらず、フェイク様を見てうっとりしている。

先代の皇帝陛下も整った顔立ちだったと聞いているから、ふたり共、お父様似なのでしょうね。

「出席しないと兄がうるさいから出ている。俺に憐れみの視線を向けるのが好きなんだ」

「……ジュリエッタも私に対して同じことを考えていますから、ある意味お似合いのふたりですわね」

視線をフェイク様からジュリエッタに戻すと、皇帝陛下に必死に訴えているところだった。

「どういうことですか、パクト様！　パクト様はわたしのことが好きなんですよね⁉」

「お前のことは好きだが、正妃に向いているとは思わなくてな。ほら、何というか、お前の秀でているところは顔が可愛いというだけだ」

「ひ、酷いです！　仕事だって頑張っていますわ！」

「それはみんな、できることなんだよ」

皇帝陛下は声を出して笑うと、ジュリエッタに優しく話しかける。

「まだ正式に決まったわけじゃない。ジュリエッタ、もっともっと頑張れば、お前は正妃のままでいられるぞ」

「し、仕事を頑張れば良いのですか？」

「そうだ。仕事の処理がもっと速くミスなくできるようになれば、お前はオレのような完璧な人間になれる」

ふたりの会話が聞こえてきて嫌な気分になる。皇帝陛下が完璧だとは思えないけど、誰もそうじゃないとは言えない。作業スピードが速くてミスなくできることは良いことだとは思う。かといってスピードだけを求めると何か見落としなどが出てしまう。ジュリエッタが今、どんな仕事をしているかわからないけれど、仕事の内容を理解できるまでは慎重にやったほうが良いでしょう。

こんなことを言うのもなんだけど、ジュリエッタが仕事を始めて、まだ三十日も経っていない。それで一人前を求められるのは少し可哀想な気がした。

というか、私だったら心の中で『そんな簡単に言わないでよ』と思ってしまいそうだわ。

「他の側妃たちは正妃になりたがっている。努力するのだぞ」

皇帝陛下はジュリエッタの頭を撫で(な)て言った。

ギャラリーは困惑したような表情でふたりを見守っている。

「精神的な公開処刑をされているようにしか思えないのですが」

「そうだな。あんな話は人前でしなくても良いからな」

フェイク様とふたりで呆れ返っていると、皇帝陛下は誰かを探すかのように首を動かし、私たちを見つけると叫ぶ。

「セリーナ！　お前が正妃になりたがっていることはジュリエッタから聞いている。正妃になりたいのなら、オレにしっかりアピールしろ！　正妃への道は厳しいぞ！」

「……なりたくないのでアピールはいたしません」

隣にいるフェイク様にしか聞こえないくらいの小さな声で、私は皇帝陛下のほうを見て言った。

フェイク様は皇帝陛下たちに顔を向けたまま、私のほうは見ずに尋ねてくる。

「一体、どういうことなんだ？　正妃になりたいだなんて知らなかった」

「別になりたいなんて思っていませんわ。ジュリエッタが自分の優越感を満たすために言っているだけでしょう。それを、皇帝陛下が信じただけです」

「……どうするつもりだ」

「言わせておきます。ここで否定しましたら、皇帝陛下の顔に泥を塗ることになりますから」

言いたいことを言うには、あまりにも人が多すぎる。

小さく息を吐いてから、皇帝陛下に深々と一礼する。

「皇帝陛下、本日は失礼させていただきます」

「……どういうことだ」

「本日の主役は皇帝陛下とジュリエッタ様です。脇役は早々に退場すべきです」

「ん？　ああ。まあ、そうか。今日はジュリエッタの日なのか」

皇帝陛下は納得して頷くと、なぜかフェイク様に目を向けて嘲笑する。

「お前、セリーナと仲が良いらしいな。オレのお下がりを狙っているんだろう。駄目だぞ、そいつはオレの側妃だ」

「セリーナ妃が兄上の妻であることは存じ上げていますよ」

「それなのに略奪しようと言うのか⁉」

「誠に申し訳ございませんが、発言させていただいてもよろしいでしょうか」

フェイク様と皇帝陛下の会話に割って入ると、皇帝陛下は不機嫌そうにしながらも頷いた。

「先程、私のことをお下がりだとおっしゃっておられましたわよね」

「……あ、ああ。お前はオレの側妃だからな」

「お下がりということは、私はいらない妃ということでしょうか」

「いや、そういうわけでは」

皇帝陛下は慌てて否定しようとした。それをジュリエッタが遮る。

「可哀想なお姉様！　とうとうパクト様に愛想を尽かされてしまったのね！」

ジュリエッタを褒めてあげたいと思う日が来るなんて思ってもいなかった。

本人はそのつもりはないだろうけど、味方になってくれてありがとう！

そんな気持ちを押し隠して、悲しげな表情を作る。

「皇帝陛下、残念ですわ。私なりに一生懸命、頑張っておりましたのに……。ですが、顔が好みではないとおっしゃっていましたものね」

「ま、待て！　今までは捨ててやろうと思っていたが」

皇帝陛下は何か言いかけている途中だったが、ジュリエッタが皇帝陛下の腕にまとわりついて叫ぶ。

「パクト様はなんてお優しいの！　寝室ではお姉様のことを酷く言っていたのに、みんなの前だから庇（かば）っていらっしゃるのね！」

「ち、違う！」

「皇帝陛下にそんなに嫌われているとは思いませんでしたわ。顔を見ることも嫌とのことでしたから失礼いたします」

ジュリエッタの演技を見て笑ってしまう前に、カーテシーをして、パーティー会場をあとにした。

パーティー会場の出入り口から少し離れた場所で、フェイク様を待っていると、一分も経っていないくらいの時間でフェイク様が出てきた。足早に近づき、私がいなくなったあとにふたりがどうしていたのか尋ねた。

皇帝陛下はしつこくフェイク様を馬鹿にするような発言をしてきたけれど、ジュリエッタが泣いていることを責めると大人しくなったそうだ。

「……フェイク様」

「……どうした」

「皇帝陛下からお咎めはあるでしょうか。それが、離婚だとありがたいのですが」

逆らうような発言をしたので、どんな罰を言ってくるかわからない。

命を奪われることだけは御免だわ。

「兄上は君を気に入っているようだ。殺されることはない」

「……なら、良い……のですけど」

気に入られていることは嬉しくない。複雑な気分になって、良いと言っていいのかわからなくなった。

話をしている間に別宮までの馬車がやってきたので、私たちはその場で別れた。同じ所に帰るのだけれど、私は人妻だから、夫以外の人と一緒の馬車に乗ることはできない。馬や御者に手間を詫(わ)びてから、私は馬車に乗り込んだ。


次の日の昼前に皇帝陛下から私宛に手紙が届いた。それは不幸の手紙とも言えるもので、こう書かれていた。

『お前の淡々とした態度がたまらない。正妃にするかテストしてやる。合格した際にはオレの顔を潰さないために床に額をつけて懇願しろ』

私のことを側妃にすると言っておいて、やっぱり正妃にしたいだなんて、自分の口からは言えないのでしょうね。

側妃になった以上、妻としてしなければならないことは、嫌だとは言っていられない。でも、ここまでしなければならないものなの？

「正妃になられたら、セリーナ様はここから出ていかれてしまうのですよね」

私からパーティーでの話を聞いたロニナは残念そうな顔をして俯いたあと、顔を上げて両手に拳を作る。

「正妃に選ばれるということは喜ばしいことですから、悲しい顔をしていては駄目ですよね！」

「正妃になるつもりもないし、たとえ、そうなったとしてもあなたは連れていくわ」

「あ、ありがとうございます！」

ロニナは嬉しそうにしたけれど、すぐに不思議そうな顔に変わる。

「どうして、セリーナ様は正妃になりたくないのですか？」

「答えても良いけれど、ここだけの話にしてくれる？」

「もちろんでございます」

「私はのんびり暮らせればそれで良いの。それが無理だったとしても、あの人の正妃にはなりたくないの」

「それはどういう理由なのですか？」

ロニナにしてみれば、正妃も側妃も皇帝陛下の妻であることに変わりはないと思っているみたい。

「そうね。あの方の人間性が私には合わないのよ。いくら皇帝陛下であっても、謝罪はすべきだわ。みんなの前では無理でも、せめて私個人には言うべきだと思うんだけど違うかしら」

「普通の人が相手ならそう思いますが、相手は皇帝陛下ですから言いにくいですね」

「ワガママを言っていることは理解しているけど、謝るべき時にちゃんと謝れない人は好きじゃないのよ」

ロニナは私の言葉に頷く。

「私も個人的には、そのような方は良いと思えません。皇帝陛下の場合は謝れば負けと思っていらっしゃいますし」

「皇帝陛下になったら、みんな、そんな風になってしまうのかしら」

「……弟のフェイク様はそんな風になるようには思えません。今まで辛い思いをしてこられたと聞いているので、そう思うのかもしれませんが」

「……どういうこと？」

「メイドの間での噂話ですから、真実かどうかはわかりません。実は、こんな話がまわっているのです」

前置きしてからロニナが教えてくれたのは、フェイク様は実の母親からも嫌われていたとのことだった。

考えてみたらそうよね。いくら皇帝陛下の命令とはいえ、自分の息子にニセモノだなんて意味の名前をつけられたら、普通の親なら嫌がるはずだもの。

「皇后陛下は分け隔てなく接していたそうで、それで、フェイク様は世捨て人にならなかったのではないかと言われていています」

「……そうだったのね」

「それでですね」

元々、小さな声で話をしていたロニナだったけれど、部屋の外にいるミルエットを警戒してか、先程よりももっと小さな声になって続ける。

「実は当時の皇后陛下と側妃様は同時に妊娠しているのです」

「……でも、皇帝陛下とフェイク様の年齢は二歳差があるはずよね？」

「フェイク様と同時期に生まれた王子様は、生まれて少ししてから亡くなってしまったと聞いています」

「そうだったのね」

亡くなった赤ちゃんに哀悼の意を捧げたあと、ある仮説が思い浮かんだ。

「……まさか」

本当に亡くなったのは、皇后陛下の子供だったのだろうか。

だけど、子供の入れかえをしても、皇后陛下に何のメリットもないわ。何も知らなかったから可愛がれたの？

……でも、そんなことではないような気がする。

何かがあるから、あれだけ現在の皇帝陛下がフェイク様を目の敵にするのかもしれない。

皇帝陛下にとって困ることがあるならまだしも、弟なのだから別に気にしなくて良いはず。

――まさか、兄と弟が本当は逆だった、なんてことはないわよね？

ないない。だって、そうする必要性がないんだもの。年齢差もそうだけど、周りが誰ひとり気づかないなんておかしいわ。

それにこの話は、メイドの間でまわっている噂話であって、真実と確証があるわけではない。

でも、ふたりの間に何かあることは間違いなさそうね。

「セリーナ様、どうかされましたか」

「……ごめんなさいね。噂とはいえ、驚いてしまったの」

嫌な考えを振り払い、これからどう動くか考えることにした。

＊＊＊＊＊

昨日のパーティーには、イエーヌ様以外の側妃も来ていた。だから、正妃が変更されるかもしれないという話は彼女たちも聞いている。しかも、皇帝陛下が私に手紙を送ってきたことも瞬く間に知れ渡っていた。

たぶん、皇帝陛下が他の側妃にも伝えたのだと思われる。自分を取り合う側妃たちを見て、自己肯定感を高めているといったところかしら。となると、他の側妃がそろそろ何か言ってきそうね。

「……そういえば、イエーヌ様は無事だったのかしら」

上手くいったのか気になって突撃しようか考えていると、ありがたいことに向こうから来てくれた。

「わたしはやっぱり優秀ですわね！　仕事は見事にこなしましたわよ！」

自室にあるソファに座ってもらうと、イエーヌ様は前に落ちてきた横髪を払いながら、誇らしげに言った。

「お疲れ様でございました」

「本当に疲れたわ！　ことあるごとにさりげなく触ってこようとするんだもの！」

「……そうでしたか。お疲れ様でございました。ところで銀トレイは使われたのですか？」

「いいえ。使おうとしたけど、ふたりきりにはならなかったからメイドに止められたわ」

エロオヤジと言われるくらいだから、人払いをしてふたりきりになろうとするのかと思ったけれど、そこまで馬鹿じゃなかったようで良かった。

「……それよりもあなた、皇帝陛下に認められたそうね」

イエーヌ様が口をへの字に曲げて尋ねてきたので苦笑して答える。

「認められたといいますか、皇帝陛下はジュリエッタ様の仕事のミスが気になるようですわね」

「何を言っているの。それだけじゃないんでしょう？　食事を作ったりしていると聞いたわ」

「それは、ジュリエッタ様に作っているものを、皇帝陛下が口にされただけです」

「ねえ！」

向かいに座っていたイエーヌ様がいきなり立ち上がったかと思うと、胸に手を当てて叫ぶ。

「わたしに料理を教えなさい！」

「はい？　あの、イエーヌ様が料理を作るおつもりですか？」

「そうよ。あなただって公爵令嬢だったのでしょう？　あなたが作れるのなら、わたしだって作れるはずよ」

「包丁を持つことはできるのですか？」

「それくらい持てるわよ！　……持ったことないけど」

「でしょうね」

調理をするのは子供には危険なものだ。イエーヌ様は年齢的にも精神的にもまだ子供だ。子供と言っても料理ができる年齢ではあるでしょうけれど、火に近づけて火傷なんてしたら大変だわ。刃物だって危なっかしいでしょうし。

そうだわ。別に彼女が作る必要はないのよ。

「わかりました、イエーヌ様。私はジュリエッタ様の食事をお作りします。ですから、イエーヌ様も宮殿の料理人たちと一緒に、皇帝陛下のお食事を作りましょう。そしてお出しする時にイエーヌ様が作ったということにすれば良いのです」

「……わたしに優しくしてどうするつもりなの」

「優しくしているつもりはありません」

　大体、あなたが教えろと言ってきたんでしょう。と言いたくなったけどやめておいた。今は彼女と今以上に関係を悪くする必要はない。

　皇帝陛下は美味しい料理を作る側妃が珍しくて仕方がないようだし、私が作った料理をイエーヌ様が作ったといえば、彼女にも興味を持つはず。

　切ったり炒（いた）めたり、煮たりするのは私や料理人がやったとしても、何をしていたかは見ていればわかる。皇帝陛下から尋ねられることがあっても、どうやって作ったのか、材料は何なのかは見ていれば答えられる。料理の問題については、これで解決できそうね。

　イエーヌ様は、私の思うように動いてくれるからまだ可愛らしい。問題は他の側妃たちだ。私が皇帝陛下に気に入られていることはわかっているようだし、馬鹿なことはしてこないと思うけれど、イエーヌ様のような人ばかりなら面倒なことになる。

「借りができないように情報を伝えておくわ。側妃のジーナリア様だけど、わたしよりもあなたを目の敵にしているみたい。気をつけなさいよ」

イエーヌ様はそう言うと、満足げに私の部屋から出ていった。

ジーナリア様か。

今まで興味がなかったから、彼女のことを詳しく調べてはいなかった。まずはロニナに話を聞いてみようかしら。メイドたちは情報通だから何か聞いたことがあるかもしれないわ。

そう考えた私は、ロニナを部屋の中に招き入れて、ジーナリア様について知っていることがないか聞いてみたのだった。

第二章　消えた側妃

イエーヌ様が忠告してくれたおかげで、その日の内にジーナリア様が訪ねてきても、驚くことはなかった。ジーナリア様は側妃の中では最年長の二十五歳だ。

ロニナに詳しい話を聞いてみたところ、ジーナリア様は五年前にフェイク様と出会ってから、彼のことが好きだったようで、フェイク様との結婚を望んでいたそうだけれど、皇帝陛下によって邪魔されて今に至るらしい。

こんなことまで知っているなんて、メイドたちは本当に情報通だと感心してしまう。守秘義務違反の気もするけど、別宮の外では話さないとのことなので、まあ良いでしょう。

というか、それを許す私だから話してくれているのだと思う。メイドがこんなことを言っていたなんて、私が他の人に話さなければ良いだけだもの。

「あなたとこうしてお話するのは初めてですわねぇ」

ウェーブのかかった艶のある長い黒髪を背中に垂らした、スレンダー体型のジーナリア様を部屋の中に通すと、近くのソファに勝手に座って私に話しかけてきた。

「本当にそう思っているのかしらぁ？」

「思っていますとも」

ジーナリア様は色白で顔立ちも整っている美人だ。ただ、性格の悪さがにじみ出ているのか、あまり近寄りたくない雰囲気を醸し出している。

……性格が悪いのは私も同じだし、人のことは言えないかしら。いや、美人な分、ジーナリア様のほうがマシかもしれない。

ジーナリア様から向けられる敵意の理由は、私が他の側妃と比べてフェイク様と仲が良いからでしょう。私は頼りにしているけれど、フェイク様は表情があまり変わらないから、私が頼ることに対して、どう思っているのかまったくわからないのよね。

しばらく微笑み合ったあと、ジーナリア様が口を開く。

「ご挨拶してから、会った覚えがないですわぁ。わたくしのことを避けていたんじゃなくってぇ？」

ジーナリア様の話し方は特徴的で、語尾を伸ばす癖がある。

「私が側妃の中では最下位と聞きましたの。不名誉なことですから、用事がある時以外は部屋からあまり出ないようにしておりましたわ」

「フェイク様とは、よく会っていたみたいですけどぉ？」

「イエーヌ様とも会っていましたよ」

「……そうなんですのねぇ」

間延びした話し方も気になるけど、この人は皇帝陛下の側妃なのに、フェイク様のことばかり気にしていて良いのかしら。まあ、この場にいるのは私だけだから、別にいいと思っているのかもしれないけれど、褒められるものではないわね。

「あの、今日はどうして訪ねてきてくださったのでしょうか」

「……皇帝陛下の件に決まっているでしょぉ」

「……最下位の人間が皇帝陛下に選ばれるわけがありませんから、ご心配なく」

にこりと笑ってみせると、私の嫌味に気がついたのか、ジーナリア様は眉根を寄せる。

「あなた、良い度胸しているわねぇ。わたくしは他の側妃とも仲良くしているのよぉ。あなたを無礼な人だと言いふらしてしまおうかしらぁ」

「仲良くしたい人と仲良くすれば良いかと思いますので、お好きなようにどうぞ。私は噂で人を判断するような友人はいりませんから」

遠回しにあなた方と仲良くする必要はないと伝えてみたのだけれど、わかってもらえているかしら。

「……そうねぇ。わたくしとあなたは仲良くなれそうにないものぉ」

上手く伝わっていたようで、ジーナリア様は引きつった笑みを浮かべて言った。

「仕方のないことですわ。元々、側妃同士が仲良くすることは今までにあまりないそうです。それに私は自分が変わっている人間だと自覚しております。ですから、距離を置くことによって、ジーナリア様方のご迷惑にならないようにしているのです」

「それなら性格を変えたらどうなのぉ」

「……どう変更しろとおっしゃるのです？」

ジーナリア様は少し考えてから答える。

「最下位なのだから、それ相応の態度を取れるような性格になったらどうなのぉ？」

「私がランク最下位のほうが、ジーナリア様たちには良いでしょう」

「どういうことぉ？」

「みなさん、正妃になりたいのですよね？」

「そ、そうよぉ」

「他の側妃の方たちよりも劣っている自覚がありますから、正妃になるつもりはありません。それに最下位に負けたとなっては、ジーナリア様たちのプライドが心配ですし」

ああ、やってしまった。売られた喧嘩を買う必要はないのに買ってしまった気分だわ。でも、なめられているのも嫌なのよ。

笑顔で見つめていると、ジーナリア様は無言で私を睨みつけてきた。特に表情を変えることもなくジーナリア様を見つめ返すと、しばしの沈黙のあと口を開く。

「わたくしをイエーヌ様と同じだと思っていると、痛い目に遭いますわよぉ」

「イエーヌ様と同じだなんて思ったことはありませんわ。全然違いますもの」

イエーヌ様を相手にしていると苛立ちはするけれど、良く言えば素直な性格だから扱いやすくて可愛らしい。この人の場合はイエーヌ様に対して感じる苛立ちとはまた違う不快感を覚えている。敵意をむき出しにされているからとか、そういう理由ではなく何かが違うのだ。

「ところで、本題はなんなのでしょう。皇帝陛下のことでしょうか。それとも、フェイク様に近づくなという警告でもしに来られたのですか」

早口で言いたいことを言ってから、少し間を空けて、今度はゆっくりとした口調で続ける。

「……失礼いたしました。フェイク様の件ではありませんわよね。だって、ジーナリア様は皇帝陛下の側妃なのですから」

「そ、そうですわぁ。わたくしは皇帝陛下の側妃ですから、フェイク様の話をしにくるわけがないではないですかぁ」

「では、ご用件をどうぞ」

「親睦を深めに来ただけですわぁ。でも、あなたはわたくしと仲良くなりたくないようですわねぇ」

「そんなことはありませんわ。私を側妃の中で最下位と順位付けて遠ざけようとしたのはジーナリア様たちですわよ。仲良くなりたくないのはそちらのほうでは？」

腹の探り合いでもない意味のない会話を長々としているのは無駄だ。早く帰ってもらいましょう。

「何度も言いますが、私は皇帝陛下の正妃になろうなんて考えはありませんわ。ふさわしいのは現正妃のジュリエッタ様、もしくはジーナリア様、あなたですわ」

「……わかっているなら良いのよぉ」

ジーナリア様は立ち上がると「メイドにもっと美味しいお茶を淹れるように言いなさぁい」と言って帰っていった。

一体、何をしに来たのかしら。親睦を深めに来たとは思えない。フェイク様との仲を牽制するつもりが、そういうわけにもいかなくなったというところかしら。

それにしても、お茶は本当に美味しくなかったの？

公爵家時代に飲んだお茶はあまり美味しく感じなかったけれど、ロニナの淹れたお茶は、私にはとても美味しく感じるものだった。

ジーナリア様の話が嫌味なのか本当のことなのかわからず、料理長や料理人にロニナの淹れたお茶を飲んでもらうと、全員が眉をひそめたのでロニナと私はショックを受けた。

どうやら、私の舌は貴族の舌ではないらしい。

このままでは駄目だということで、厨房でロニナはお茶の淹れ方を他のメイドから、私はメイド長から、良いお茶の風味とはどんなものなのかなどを教えてもらっていた時だった。

「ジーナリアから聞いたぞ！　この浮気者！」

厨房までやってきた皇帝陛下はわけのわからないことを叫ぶと、問答無用で私の頬を叩いたのだった。

「……一体、どういうことでしょうか」

普通の人ならば許されることではないけど、皇帝陛下が私の頬を叩きたいと思ったなら、その行為は許される。そんなに力は強くなかったけれど、叩かれたのだから痛いものは痛い。頬を押さえながら尋ねると、皇帝陛下が叫ぶ。

「ジーナリアから聞いたぞ！　フェイクと浮気しているらしいな！」

ジーナリア様は私の対応が気に食わなかったから、皇帝陛下に嘘の報告をしたらしい。二十五歳にもなって、こんなくだらない嘘をつくなんて信じられない。

「浮気なんてしていません」

「嘘をつけ！」

浮気しているように見えるのなら謝るところだけど、自分で確認したわけでもないのに、浮気していると決めつけられたことには腹が立つ。

「嘘をついているという証拠を見せてくださいませ。それについて反論いたします」

「証拠はないが、ジーナリアの証言がある！」

「ジーナリア様の話を聞いたのであれば、私の話も聞いていただけませんか」

「言い訳なんて聞きたくない！　せっかく正妃にしてやろうと思っていたのに！」

皇帝陛下が私を睨みつけた時、ロニナが静かに厨房の外へ出ていったことに気がついた。何をしに行ったのかわからないけど、私を見捨てて逃げるような子じゃない。ロニナのことが気取られないように、大きく息を吐いてから皇帝陛下に話しかける。

「……浮気とおっしゃられていますが、皇帝陛下は私がフェイク様に思いを寄せていると考えておられるのですか？」

「ジーナリアはそう言っていた。最近はお前のことも可愛がってやっていたのに、オレに対してよくもそんな酷い仕打ちができるもんだな」

「お聞きしたいのですが、どうしてジーナリア様に私の気持ちがわかるのです？」

「は？　それはジーナリアがお前の口からフェイクが好きだと聞いたんだから、気持ちがわかるに決まっているだろう！」

「そんな話をした覚えはありません。ジーナリア様が訪ねて来たことは確かですが、その時にフェイク様のことを気にしていたのは、ジーナリア様のほうです」

「まだ、嘘をつくのか！」

　どうしてこの人はジーナリア様の話は信じて、私の話を聞こうとしないのか。こんな人の正妃だなんて絶対にお断りよ。というか、このままでは私の首が危ないわね。

「皇帝陛下、落ち着いてくださいませ。とにかく、私の話を聞いていただけませんか」

「謝罪の言葉以外、お前から話を聞くつもりはない！　素直に謝らないと言うのならば、痛い目に遭わせてやる！」

　すごい剣幕で、皇帝陛下は私の腕を掴(つか)もうとした。私が無意識の内に身を引いてその手から逃れると、その行動が皇帝陛下を余計に怒らせた。

「オレを裏切ってフェイクを選ぶなんて絶対に許せない！」

皇帝陛下はそう叫ぶと、また私に向かって手を振り上げた。

「……いい加減にしてください、兄上」

振り上げられた皇帝陛下の手首を後ろから掴んだのは、息を切らしたフェイク様だった。

皇帝陛下は掴まれている手を振り払うと、フェイク様に向き直って叫んだ。

「……フェイク、どうしてお前がここにいるんだ！」

「それはこちらのセリフですよ。質問に先に答えますが、兄上の側近が私の所へ来て兄上がこちらに来ていると教えてくれたのです。まさか、自分の妻に手を上げるために来ているなんて思いもしませんでした。急いで見に来て良かったですよ」

そう言ったフェイク様の視線の先には皇帝陛下の側近とロニナの姿があった。側近が話をしてくれて、こちらに向かっている時にロニナと合流したんでしょう。ロニナはフェイク様に助けを求めに行ってくれていたのね。あとでお礼を言わなくちゃ。

私がロニナに気を取られている間も、フェイク様と皇帝陛下の会話は続いている。

「どうしてオレからセリーナを奪おうとするんだ？　そんなにオレが嫌いなのか！」

「奪おうとした覚えは、一切ありません」

「セリーナはお前のことを好きだと言っている！　それは奪おうとしていることと同然だろ

う！」

　同然なのかはわからないけど、フェイク様が答えを求めるかのように無言で私を見つめた。

「フェイク様のことは尊敬しておりますし、いつも感謝しています。ですから、好きかと言われれば好きです」

「だが、兄上が思っているような好きではないということだな」

「そうです。私は皇帝陛下の側妃ですから、フェイク様にそのような気持ちは持ちません。皇帝陛下に浮気を疑われるような態度を取っていたようですし、そのことについては謝罪いたしますが、決して浮気などしていません」

　友人としての好きは恋愛感情とは違う。夫がいるのに他の男の人を好きになってしまえば、それこそ浮気だ。私の場合はフェイク様に恋愛感情を持っているわけではない。私たちの間に浮気を疑われるようなことなんて一切ないのよね。

　となると、皇帝陛下に嘘をついたとわかった時、ジーナリア様は処分される可能性がある。

……人のことを考えている前に皇帝陛下の思い込みを何とかしないと、私が処分されてしまうわね。

「じゃあ、どうしてジーナリアはそんな嘘をついたんだ」

　フェイク様が来たことで、皇帝陛下も少し冷静になってきたらしい。困惑した様子で呟くように言った。

「少し考えたらわかるでしょう」

フェイク様がため息を吐くと、皇帝陛下はハッとした顔になる。

「……嫉妬か」

それが皇帝陛下へのものなのか、フェイク様へのものなのかわからない。でも、皇帝陛下は自分へのものだと判断した。

「……そういうことだったのか。だが、お前たちの仲が良いことは確かだ。これからは誤解されないように気をつけろ」

側近は私に平謝りしていたけど、皇帝陛下は私の頬を打った出来事などなかったかのように、言いたいことだけ言って去っていった。皇帝陛下を見送ったあと、フェイク様に頭を下げる。

「フェイク様、助けていただきありがとうございました」

「いや、俺のせいですまない」

フェイク様は珍しく眉尻を下げて私の頬を見た。

どうなるかわからないという緊張感があったため、感じなくなっていた頬の痛みをそれで思い出した。

「まだ痛むのは確かですが、我慢できないものではありませんし、フェイク様は悪くありません」

悪いのは思い込みで私の頬を打った皇帝陛下と嘘をついたジーナリア様だ。皇帝陛下を責める発言は不敬と取られるため、ここでは控えたほうがいい。

それなら――。

「ジーナリア妃の所へ行くつもりだが、君も来るか」

「もちろんです」

フェイク様に尋ねられ、私は迷うことなく頷いた。

事なかれ主義の私だけど、彼女のついた嘘のせいで頬を叩かれたんだもの。さすがに黙っていられないわ。

ジーナリア様の部屋に行く途中でロニナに礼を言うと、今にも泣き出しそうな顔で話しかけてくる。

「お怪我の具合はいかがですか？」

「大丈夫だから心配しないで」

「本当に酷いです。話を聞くこともなく、あんなことをするなんて」

このまま言わせてはまずいと思った瞬間、フェイク様が口を開く。

「誰が聞いているかわからないから、その話はここでするな」

「も、申し訳ございません！」

皇帝陛下を悪く言っていたなんて本人に知られたら、ロニナの命は奪われてしまう。フェイク様に私からもお礼を言ったところで、ジーナリア様の部屋に着いた。

まずは私から先に話をしようと思って、ロニナに部屋の扉を叩いてもらうと、メイド服姿の若い女性が部屋から出てきた。

「ジーナリア様に何かご用でしょうか」

私に優しくなったメイドも多いけれど、彼女は違った。睨みつけるとまではいかないが、不機嫌そうな表情で尋ねてきたので、こちらは笑顔で応える。

「私が言わなくても内容はわかるでしょう」

「ジーナリア様はお忙しいお方です。そんな理由でお会いできると思わないでください」

フェイク様がいると警戒されるので、メイドからは見えない柱の影で待ってもらっている。だから、メイドはふてぶてしい態度で言い返してきた。

「しょうがないわね。話の内容は、どうして妄想の話を皇帝陛下に事実のように話したのか知りたいと伝えてちょうだい」

「妄想？」

メイドの眉間に深いシワが刻まれた。

こんな顔をされるなんて、私はこのメイドに完全になめられているわね。権力を自分から誇示したくないけれど、なめられるのは気に食わない。

「ねえ、いくらジーナリア様のメイドだからって、私にそんな顔を見せても良いと思っているの？」

「も、申し訳ございません！」

「悪いと思うのなら、さっき言ったことを、そのままジーナリア様に伝えてちょうだい」

「で、ですが、妄想の話をジーナリア様がするだなんて考えられません」

「あなたに聞いているんじゃないの。ジーナリア様からの答えを聞きたいのよ」

メイドもさすがにこれ以上はまずいとわかったのか、軽く一礼して部屋の中に戻っていった。

少し待たされたあと、ジーナリア様が部屋から出てきて話しかけてくる。

「わたくしが妄想の話を皇帝陛下にしたと言っているそうねぇ」

「そうです。あなたが妄想の話を皇帝陛下にしたせいで、頬を叩かれました」

「まあ！」

ジーナリア様は喜びの感情を隠さない。普段なら腹が立つところだけど、今はそうは思わないし、フェイク様が見ていることを知らないのだと思うと、笑みがこぼれそうになる。

「妄想ではありませんわ。あなたがわたくしに言ったことを忘れただけだわぁ」

「いつどこで、私がそんな話をしたとおっしゃるのです？」

「先日、会った時に話していたわよぉ」

「そうでしたか」

そっちがその気なら、こっちも同じ手を使わせてもらうわ。

笑顔でジーナリア様に話しかける。

「そういえばその時、ジーナリア様はフェイク様の話ばかりしていましたわね」

「そんなことないわぁ。それこそ、あなたの妄想なんじゃないのぉ？」

「そうかもしれませんわね」

　ふふふっと笑うジーナリア様に、私は失笑して続ける。

「では、ジーナリア様がフェイク様をお慕いしているという妄想の話を皇帝陛下に伝えてまいります。ジーナリア様も私と同じ目に遭うかもしれませんから、お気をつけくださいませね」

「ちょ、ちょっと待ちなさいよぉ！」

　背を向けようとした私を、ジーナリア様が焦った顔になって呼び止めてきたので振り返る。

「妄想の話をされるのが嫌なら、私についての話も間違っていたと皇帝陛下に伝えてもらえますわね？」

「わたくしは間違った話なんかしていないわぁ！」

「そうですか。あなたは妄想の話を皇帝陛下にされたのです。なら、私が皇帝陛下に妄想の話をしても、あなたにどうこう言われる筋合いはありませんわ」

「どうしてそんな生意気な態度がっ……！」

　ジーナリア様は途中で言葉を止めた。今になってやっとフェイク様がいることに気がついたようで、みるみるうちに表情が弱々しいものに変わっていく。

「ど、どうしてフェイク様がここにいらっしゃるんですのぉ？」

ジーナリア様の問いかけには答えずに、フェイク様は彼女に話しかける。

「ジーナリア妃に質問がある」

「な、何でしょうかぁ」

「言った言っていないについては、俺には判断のしようがないことだから問うことはしない。俺が知りたいのは、あなたがその話を兄上にすることによって、セリーナ妃が危険な状況に陥ることになるとわからなかったのか、ということだ。それとも、わかっていてやったのか？」

「あ」

ジーナリア様は口を押さえて、フェイク様を見つめた。

そうよね。あなたは私が邪魔だから、なりふり構わずに馬鹿な手を打っただけ。でも、そんなことをフェイク様や皇帝陛下には口が裂けても言えないわよね。

ジーナリア様は目を泳がせたあと、勢いよく首を横に振る。

「どちらでもありません。わたくしが深く考えていなかっただけですわぁ」

「そうか」

フェイク様の視線が冷たいままだったからか、ジーナリア様は焦った顔で先程答えてもらえなかった質問を投げかける。

「……あの、どうしてフェイク様がこちらにいらっしゃるのですかぁ」

「君がセリーナ妃の話を兄上にしたからだ」

「そ、それは、フェイク様には関係ないことではないのですかぁ？」

「本気で言っているのか？　関係がないわけないだろう」

誰が聞いてもわかるようなことを言うのだから、ジーナリア様はかなり焦っているわね。助けを求めるかのように、ジーナリア様が私を見てきたので、にこりと微笑む。

自分に嫌なことをしてきた人を助けるわけがないでしょう。私が助けるのは、自分に害を及ぼさなかった人だけよ。

「フェイク様の名が出たんですもの。関係がないわけがないですわよね」

ジーナリア様のミスは、浮気相手をフェイク様と断定したことだ。ただ、フェイク様が相手だったからこそ、皇帝陛下はあれだけ怒ったのだとも思う。

ジーナリア様は皇帝陛下の冷静さをなくすために、フェイク様の名を出したのかしら。もしくは、自分は仲良くしてもらえなかったのに、フェイク様が私とは仲良くしているから、それが気に食わなくて、つい口に出してしまったんだろうか。

「……も、もう、しわけ、ございません」

ジーナリア様は俯き、小さな声で言った。

「なんだって？」

「申し訳ございません。わたくしの勘違いでした」

フェイク様が聞き返すと、ジーナリア様は体を震わせながら頭を下げた。

「このことは兄上には報告しておく」

「お、お待ちください！　わたくしから連絡いたしますわぁ！」

「勝手にすれば良いが、俺からも連絡しておく。また嘘をつかれても困るからな」

「承知いたしました」

ジーナリア様は今までの態度が嘘のようにしおらしくなった。

このまま反省して大人しくなってくれると良いけど、どうなるかしら。反省したというよりも、フェイク様に怒られたから謝っているようにしか思えないのよね。

「ジーナリア様、今の謝罪は誰へのものですか？」

私に問いかけられたジーナリア様は、悔しそうに唇を噛んでから答える。

「フェイク様とセリーナ様にですわぁ」

「そうでしたか。では、今すぐに皇帝陛下に、あの話は妄想の話だったと伝えに行ってください。そのあとに謝罪を受け入れましょう」

「……わかりましたわぁ」

「本当に反省しているのか？」

どこか不貞腐れた様子に見えたジーナリア様にフェイク様が尋ねると、彼女は何度も頷く。

「もちろんですわぁ！」

この時は叱責される、もしくは謹慎などの軽い罰だと思っていた。でも、この日を境にジーナリア様は別宮から姿を消したのだった。

＊＊＊＊＊

ジーナリア様の行方がわからなくなってから、十日が過ぎた。ジーナリア様が悪いとはいえ、彼女がどうなったのか、メイドたちもわからない状況であることが気になった。詳しい話を聞いてみると、ジーナリア様は皇帝陛下と話をするために侍女たちと一緒に宮殿に向かった。問題はそのあとで、彼女は皇帝陛下の部屋に入っていったはずなのに、皇帝陛下や部屋を守っている兵士は彼女と会っていないと言う。

兵士たちも目撃しているはずなのだけど、知らないというのは、陛下自身がそう証言しているのだから、反論のしようもないことであるが、一番の理由は自分の命が可愛いからでしょう。余計なことを言えば、皇帝陛下に逆恨みをされて自分の身に何が起きるかわからない。自己防衛は悪いことではないから、その人たちを責めるつもりはない。

それにしても、ジーナリア様は今、どうしているのかしら。幽閉されているだけならまだ良いけれど、最悪な事態に陥っていたらと思うと心配だ。

ジーナリア様のことは好きではない。だけどさすがに死んでも良いとは思えないんだもの。

フェイク様なら何かわかるかもしれないけど、浮気だと疑われてからは頼りにくくなった。

そう思っていた時、フェイク様のほうから訪ねてきてくれた。私が躊躇していたように、フェイク様とふたりきりでは誤解を生む可能性があると思ったのか、イエーヌ様も一緒だった。

ここ最近のイエーヌ様は料理を一緒に作るようになったからか、なぜか私に懐き始めていた。

「他の側妃にも声をかけたが、俺と関わるのが嫌だそうだ。気持ちはわからないでもない」

「……義弟への態度としては失礼かとも思いますが、フェイク様が気にしないのであればかまいません」

「別にかまわない。誘った人間が言うのもなんだが、遠ざけてくれたほうが良い」

談話室に移動して話を聞いてみると、フェイク様は今のジーナリア様の状況を話すと言ったので、待ちきれずに結論を尋ねてみる。

「あの、ジーナリア様は無事なのでしょうか」

「表向きは自分からいなくなったことにされているが、彼女は兄上の部屋にいる」

「皇帝陛下の部屋というのは、寝室とは別の場所でしょうか」

「ああ、プライベートの部屋だ」

私の隣に座るイエーヌ様が眉根を寄せて尋ねる。

「プライベートのお部屋にジーナリア様を連れ込んで、皇帝陛下は何をしているのでしょう」

「さあな。それはご想像にお任せする」

まさか、性奴隷みたいな扱いをしているわけじゃないわよね。

そんな質問を口に出せるはずもなく、違うことを尋ねてみる。

「それなら、食事を運んでいる人間がいるのではないでしょうか。何日も飲まず食わずで生きていける人間なんていないでしょう。誰もそのことについて質問しないのですか？」

「犬が食べると言って、味のついていない料理をメイドに運ばせている」

「犬は実際にいるのですか？」

「最近になって人懐っこい小型犬を飼い始めた。兄上は犬は好きだから虐待するような馬鹿な真似はしないと思う。その点は安心してくれ」

　フェイク様の話を聞いたイエーヌ様は犬が好きなのか、目を輝かせた。

「そうなんですのね！　皇帝陛下に犬を見せてほしいと言ったら怒られるでしょうか」

「誰から話を聞いたのかと問われた時に、俺からと言うわけにはいかないだろう。犬は宮殿内を好きなように走り回っているから、上手く見つけてくれ」

「承知いたしました。そういえば、皇帝陛下は犬は好きだからとおっしゃいましたわね」

　引っかかっていたので忘れないうちに聞いてみると、フェイク様はきっぱりと答える。

「兄上は人が好きじゃない。誰のことも信用していないんだ。だから、側に置くのは何も考えていないような人が多い」

「……では、ジュリエッタ様を正妃に選んだのは」

　元々は、私を正妃にするつもりだった。それをやめたのは顔が好みじゃなかったからという理由ではないんだわ。ジュリエッタのほうが動かしやすいと思ったのね。

フェイク様ともっと話したいことがあるけれど、イエーヌ様がいると話しにくい。

「セリーナさん、わたし、犬に会いに行ってくるわ！　フェイク様、お話の途中で申し訳ございませんが、ここで失礼させていただきます」

空気を読んだのか、それとも本当に犬が好きなだけかわからない。イエーヌ様は満面の笑みを浮かべて立ち上がると、私たちの返事を待つことなく部屋から出ていってしまった。

イエーヌ様が出ていった扉を見つめて、フェイク様が苦笑する。

「イエーヌ妃がいないほうが話はしやすいが、何のために彼女に来てもらったかわからなくなったな」

「本当にそうですわね。根は悪い人ではないので、皇帝陛下にうっかり話さないか心配ですが……」

「彼女は自分が可愛いようだから、そこは大丈夫だろう」

「そうですわね」

苦笑して頷くと、フェイク様は私に承諾を得てから自分の側近に中に入るように命令した。

ノックのあとに入ってきた側近は一礼したあと、扉の前に立った。

私とフェイク様がふたりきりにならないようにしてくれたみたいね。

「以前、セリーナ妃が兄上に暴力をふるわれた時に俺の所に来てくれたのは、そこにいる男の遠い親戚なんだ」

「……そういうことだったのですね」

あの側近はフェイク様と繋がっているのね。

だけど、それが皇帝陛下や陛下側の人間に知られてしまえば、その人の命が危ないし、万が一のことを考えて口には出さないことにした。

「その方はどのような理由で、側近に選ばれたのでしょうか」

先程、フェイク様は何も考えていないような人を、皇帝陛下は自分の側近に選ぶと言っていた。実際、そのような人が多いのだと思うけれど、逆にフェイク様がそんな人と繋がりを持つとは思えない。

「彼には従順なふりをしてもらっている。兄上は自分に逆らう人間は近くには置かないだろうからな」

「口答えをして、暗殺されたりすることはあるのでしょうか」

「少なくとも、俺は確認していない。ただ、宮殿から追い出された人間や閑職に追いやられた人間は多くいる」

「ということは、今の皇帝陛下の周りにいる人物は逆らおうにも逆らえない状況でしょうか」

「そうだな」

「皇帝陛下はクーデターが起きることを考えはしないのでしょうか」

宮殿で働いたことのある人間は、皇帝陛下の人となりを知っているはず。このままでは良くないと危機感を覚える人が多くいてもおかしくはないと思うんだけど、そのような動きが出てこないことに、何か理由があるのかと疑問に思った。

「そうか。言い忘れていたな」

フェイク様はそう呟くと、皇帝陛下が選ぶ側近の条件に唯一当てはまらない人物について教えてくれた。

それは皇帝陛下の一番の側近だと言われているサディールという初老の男で、元々は暗殺部隊にいた人間なのだそうだ。

自分自身が恨みを買っているため、警備がしっかりしている宮殿で働き、彼の家も宮殿の中庭にあるという。

彼の存在自体は知っていたが、詳しいことは興味がなかったので調べていなかったため、フェイク様に教えてもらって、初めて知った。

サディールは皇帝陛下に反旗を翻せば敵が増えるため、皇帝陛下側につき、怪しい人物をあぶり出しては遠回しに脅して追い出すのだそうだ。

「私が怪しい動きをすればどうなるでしょうか」

「真実を知らなければ命まで奪われることはないだろう」

「……フェイク様は大丈夫なのですか？」

「俺は兄上の味方でもないし敵でもない。今のところは無害な人間扱いだ。好かれてはいないけどな」

皇帝陛下のところに自分のスパイを送っているということは、本当は自分のことを無害だなんて思っていないのでしょう。

フェイク様も自分の身が危なくなることを恐れて対策をしているのね。

側妃になればのんびり暮らせると思ったのに、上手くいかないものだわ。

皇帝陛下が真っ白なわけがないと思っていた。だけど、ジーナリア様のことを知ってしまった以上、さすがに黙ってはいられないわね。

能天気なイエーヌ様のことも気になるし、このまま知らんふりをし続けるのは良くない。自分や周りの安全を確保しつつ、ジーナリア様を解放するにはどうしたら良いのか考えなくちゃいけないわ。

今日は監視役のミルエットが休みだから、ちょうど良いので、少しだけ動いてみることにしましょう。

フェイク様と別れたあと、イエーヌ様の様子が気になった私は、ロニナを連れて宮殿に向かった。広い宮殿なので、どうやって見つけ出そうか考えていたけれど、イエーヌ様は出入り口近くにいて、私の姿を見つけると、笑顔で駆け寄ってくる。

「あなたも犬を触りに来たの？　今はいないけど、とても可愛かったわよ」

「どうしているのか気になって見に来ましたが、余計な心配だったようで良かったです。私はこのまま、今日の夕食の準備をしようかと思います」

「あら、もうそんな時間？」

イエーヌ様は呑気（のんき）な口調で尋ねてきた。

「ええ。少し早いですけどね」

「そう。なら、わたしも残るわ！　今日も美味しい料理を作るわよ！」

「……そうですわね」

犬を無事に触ることができたからか、イエーヌ様はご機嫌そうだ。どんな犬だったのか聞いてみようかと思った時、ジュリエッタがやってきた。

「お姉様！　お話があるの！」

「申し訳ございませんが、今からジュリエッタ様の夕食を作りに向かわねばなりません」

「そんなの後回しで良いわ！」

よっぽど急ぎで話したいのか、イエーヌ様やロニナがいるのに、難しい顔をして続ける。

「とにかく、今すぐ一緒に来てちょうだい」

「食事の時では駄目なのでしょうか」

「……ふたりで話がしたいんです」

ジュリエッタは頷くと、私からイエーヌ様に視線を移す。

「悪いけれど、姉を借りても良いかしら」

「も、もちろんですわ」

イエーヌ様は本当のジュリエッタを知らないから、いつもと違う雰囲気に圧倒されてしまい、逃げるように去っていった。

「どのようなご用件でしょうか」

イエーヌ様の背中を見送ったあとに私が尋ねると、ジュリエッタは一瞬だけ眉根を寄せた。

でも、ロニナがいることに気づいて笑顔を見せる。

「お姉様に相談したいことがあるんです。他人には聞かれたくないので、場所を移動しましょう」

「食事の準備があるんですけど」

「遅くなってもかまわないと言っているじゃない」

私にだって予定が……、ってないわね。

ジュリエッタに食事を出したら、自分も食事をする。それからは湯浴みをして、ベッドに横になって本を読むだけだもの。

でも、自分時間って私にとっては大切なものだわ。

……ジュリエッタにしてみれば暇な時間になってしまうだろうし、正妃様の言うことは聞かなくちゃいけないわね。

困った顔をして私の横に立っているロニナに話しかける。

「ロニナ、悪いけど厨房に行って、今日は遅くなると伝えてくれないかしら。話がいつ終わるかわからないから、その後は厨房で待っていてちょうだい。話が終わったら向かうわ」

「おひとりで大丈夫ですか」

「ジュリエッタ様と話をするだけだもの。危険はないわよ。そうですわよね？」

微笑んで尋ねると、ジュリエッタは可愛らしい笑顔を見せる。

「もちろんですわ」

「もし、私が帰ってこなかったりしたら、ジュリエッタ様を疑って良いそうよ」

「そんなことは言っていないわ！」

「でも、そういうことでしょう？　あなたと話すと言って別れたのが最後になるのだから、一番怪しいのはあなただわ」

「そんなことにはならないから安心してちょうだい」

ジュリエッタは芝居を忘れて強い口調でそう言うと、私の返事を待たずに歩き出す。

「お部屋の前まではご一緒させてください」

「ありがとう」

「いえ！　メイドとして当然のことですから」

ロニナと一緒にジュリエッタの部屋に向かうと、ジュリエッタの部屋の前にいたメイドが扉を開けてくれる。

「中へどうぞ」

「ありがとう」

　ピンク色の調度品が置かれたジュリエッタの部屋の中に入ると、ソファに座るように促される。

　私が素直に腰を下ろしたところで、向かいに座ったジュリエッタが話し始めた。

「パクト様が浮気しているみたいなんだけど、相手はお姉様じゃないわよね」

「浮気？」

　ジーナリア様のことを言っているのかもしれないわね。皇帝陛下の浮気には興味はないけれど、ジーナリア様の情報が掴めるかもしれないので、話を聞いてみることにする。

「浮気というのはどういうことかしら。それに相手は他の側妃じゃないの？　そうなると浮気とは言えないと思うんだけど」

　ジュリエッタがどこまで情報を掴んでいるのかわからないので尋ねてみた。すると、彼女は不機嫌そうな顔で答える。

「わからないから聞いているんじゃない。やっぱりお姉様は馬鹿ね」

「馬鹿だと思うんなら聞いてこないで」

「馬鹿だから浮気相手になると思ったのよ」

「側妃は浮気相手とは言わないわ。それもわからないの？」

「わたし以外の女性を優先したら浮気になるのよ！」

正妃の座が危ないというのに呑気なものね。

「側妃が皇帝陛下の寝室に行っていることは良いのね？」

「それは義務だから良いわ。必要なのは優先する気持ちなの。……というか、お姉様、まだパクト様と夜を共にしていないのよね」

「ええ、そうよ」

私が頷くと、ジュリエッタは何が楽しいのか、声をあげて笑い始める。

「うふふふ！　あははははっ！　どう？　相手にされないって辛いことでしょう？」

「そうかしら。私は今のところ幸せだけどね」

わざと小首を傾げて答えると、ジュリエッタの表情が歪んだ。

「……は？」

「あら、聞こえなかった？　ならもう一度言うわね。寝室に呼ばれなくて幸せだと言っているの」

「え？　どうして？　側妃なのに寝室に呼ばれないのよ？　それって側妃の仕事ができていないってことでしょう？　役立たずって言われているようなものじゃない！　それなのに幸せなの？」

焦るジュリエッタに笑顔で頷く。

「ええ。私はとっても幸せよ。あと、皇帝陛下には寝室に呼ばれているけど、あなたたちが邪魔をするから行っていないだけ。それに働くことは罰だと言う国もあるそうよ。働かないからって悪いことをしているわけじゃないわ」

「異国の話は関係ないわ。この国では働かないことは罪なのよ」

「一般的にはそうかもしれないわね。だけど、事情があって働けない人もいるでしょう。決めつけるのは良くないわ」

ジュリエッタとこんな話がしたかったわけではないし、仲良く雑談するつもりもないから、話題を戻す。

「とにかく、あなたが言いたいのは正妃の自分が皇帝陛下に優先されていないことが嫌だということよね」

「そうよ。最近のパクト様は寝室には来てくれないし、部屋に入れてくれとお願いしても入れてくれないの」

「それであなたは、私が部屋の中にいるから入れてくれないと思ったわけね。なら、その時に私が別宮にいるか確認すれば良いでしょう」

「……そうだけど」

そんなこと、考えればすぐにわかることなのに、どうして私に聞いてくるのよ。よくわからないけれど、とにかく、私が相手じゃなければ良いってことかしら。

「話はこれで終わり？」

「……お姉様は悔しくないの？」

本当にしつこいわね。

「別に悔しいとは思わないわ。側妃なのだから皇帝陛下が幸せならそれで良いんじゃない？」

側妃としての答えなら、これで合っているはず。

笑顔で答えたからか、ジュリエッタは眉根を寄せる。

「そんなものかしら」

「そんなものだと思うわ。それよりも、最近の皇帝陛下は寝室で眠っていないの？」

そう尋ねた時、ノックも無しに扉が開かれた。

「姉妹で仲良く話をしている時に悪いな。セリーナの顔を見に来てやったぞ」

現れたのは満面の笑みを浮かべた皇帝陛下だった。

食事の時に何度も会っているのだから、見に来なくても良い。……と言いたいが、さすがに無理よね。皇帝陛下は何か後ろめたいことがあるから、私の顔を見るためという口実を作ってここに来たってところかしら。

「皇帝陛下は私の顔など見たくないと思っていましたわ」

「正妃になるかもしれない女の顔を見たくないなんておかしいだろう」

「ですから、私は正妃にふさわしくありません」

「それはオレが決めることで、お前が決めることじゃない」

ごもっともな意見を返されてしまった。その時、ジュリエッタが叫ぶ。

「パクト様、どうしてもお姉様を正妃にしたいんですか⁉　わたしでは駄目なんですか⁉」

「……駄目ではないが、もういい」

「もういい？」

「お前には飽きたんだ」

「……酷い」

ジュリエッタが悔しそうな顔で皇帝陛下を見つめると、笑いながら答える。

「もう、お前はオレを愛している。オレはオレのことを好きではない女を、オレ無しでは生きていけないようにしたいんだ」

「……では、ジーナリア様はどうなるのです？　行方がわからないということは、逃げたということですよね」

会話に割って入ると、都合の悪いことを言われたからか、皇帝陛下は笑みを消して睨みつけてきた。私が睨み返すと、皇帝陛下は慌てて表情を柔らかなものに変える。

「……それは、そうだな。ジーナリアは何かトラブルにでも巻き込まれたんだろう。あ、そうだ。ジュリエッタ、お前が嫉妬に駆られて、ジーナリアをどこかに連れ去ったんじゃないの

か？」

「酷いです！　わたしはそんなことはしていません！」

ジュリエッタは焦った顔で何度も首を横に振った。

ここで、ジュリエッタが皇帝陛下の浮気相手はジーナリア様ではないか、と疑ってくれれば良かったけど、そこまで頭がまわらないようで、彼女は話を戻してしまう。

「ジーナリア様の心が離れてしまったから、逃げたんじゃないですか。それってパクト様がいなくても生きていけるということですよね！」

「ふざけたことを言うな！　オレがいるから、帝国民は幸せに暮らせているんだぞ！　オレが皇帝じゃなければ、今頃、どうなっていたかわからないんだ！」

私や多くの国民にしてみれば、皇帝がパクト様でなくてはならないという理由はない。

自分が皇帝になりたいと思う人間は少ないだろうけど、誰かふさわしい人間が皇帝になるというのであれば、帝国民も納得はするでしょう。

それは、ジュリエッタもそうだと思う。だからか、さすがのジュリエッタも呆れた顔をして皇帝陛下を見つめている。

ジュリエッタも皇帝陛下も自分が一番だということは共通しているみたいだから、お似合いのカップル、いや、逆にそれが合わないのかもしれない。

自分を優先しないと気に入らないということだものね。皇帝陛下に、あなたがいないほうが幸せな帝国になるかもしれません。という本音を口に出すわけにはいかず、笑顔で頷く。

「皇帝陛下を否定しているわけではございません。ただ、『オレ無し』ではという発言に、ジュリエッタ様は引っかかってしまったのだと思います」

「そうなのかもしれないが……。おい、ジュリエッタ、オレに何か文句でもあるのか」

「……いいえ」

言いたいことはありそうだが、ジュリエッタも皇帝陛下に逆らう気はないらしい。彼女が首を横に振ると、皇帝陛下は私に目を向ける。

「細かいことはもう良い。それよりもセリーナ、お前に話がある」

「……なんでしょうか」

「今晩、オレの寝室に来るんだ」

「どのようなご用件でしょうか」

「寝室に誘うんだから、やることは決まっているだろう」

「わかりませんわ」

「じゃあ、今晩、教えてやるから、大人しく寝室に来い」

覚悟はしていたつもりだったけれど、いざとなると本当に嫌ね。でも、嫌だなんて口にしてはいけない。自然に嫌われる方向に持っていかなくては――。

いや、ちょっと待って。ジーナリア様を捜すには良い機会なんじゃないかしら。

「皇帝陛下」

「なんだ」

「せっかくですので、皇帝陛下のお部屋を見学したいですわ」

「駄目だ！」

皇帝陛下は声を荒らげると、私に指を突きつける。

「どうして、いきなりオレの部屋を見たいだなんて言い出すんだ」

「興味を持ってはいけませんか。側妃とはいえ、あなたの妻なのですよ」

「オレはお前の夫だが、お前の部屋を見たいだなんて思わない」

「見たいのは私だけではありません。ジュリエッタ様もですわ。そうですわよね？」

ジュリエッタに同意を求めると、無言で何度も頷いた。それを確認してから、皇帝陛下に話しかける。

「どうして、そんなに嫌がっておられるのかわかりませんわ。陛下の部屋にはメイドが掃除に入るはずです。それなら、見られたら困るようなものなど置いていないでしょう？」

「い、犬がいるから駄目なんだ」

「そうでしたわね。犬を飼ったとお聞きしましたわ。ぜひ、その犬も見たいものです」

「オレの部屋には犬小屋しかない！　犬小屋なんて見ても楽しくないだろう！」

普通ならば犬専用の部屋があるもので、皇帝陛下の部屋に犬小屋があること自体がないことなのよ。

「わたしは見たいですわ！」

ジュリエッタも手を挙げて叫ぶ。私を助けているつもりはまったくないでしょうけれど、ジュリエッタの援護は本当に助かる。

「……わかった。夜まで待て。部屋を見せたあとはどうなるか楽しみだな」

「楽しみにしておりますわ」

挑戦的な笑みを浮かべる陛下に、私は微笑んで頷いた。

あなたのものになるつもりはないし、私は別の意味で楽しみだわ。皇帝陛下のあの嫌がり方なら、ジーナリア様を捜し出す手がかりになるものがきっと見つかるはずだ。

皇帝陛下が自分の部屋に戻ると言って去ったあと、私もジュリエッタの部屋を出て、ロニナに事情を話した。そして、私がジュリエッタの食事を作っている間に、フェイク様にさっきの話を伝えに行ってもらった。

側妃になったのだから、覚悟を決めろと言われそうだけど、私にだってプライドはある。あんなことを言われた相手に、そう簡単に食われてたまるものですか。

そう思いながら料理をしていると、話を聞いたイエーヌ様が訴えてくる。

「ねえ！　わたしが邪魔をして差し上げても良いわよ。皇帝陛下との夜をあなたに味わわせたくないもの」

「それは助かりますけれど、邪魔というのは、どんなことをするおつもりですか?」

「まあ、見ていなさいよ」

イエーヌ様は意地の悪そうな笑みを浮かべて言うと、私の返事は待たずに今日のレシピを説明してもらうために、料理長の元へと向かっていった。

ジュリエッタも何か手を打とうとしていたみたいだし、どんなことになるのか、少しだけ楽しみ。

……と、人任せじゃなく私もしっかり考えないといけないわね。


その日の夜、フェイク様から届いた手紙を読み終えて段取りを整えた私は、イエーヌ様と一緒に宮殿へと向かった。

ジュリエッタたちとは現地集合になっている。

宮殿の入り口で私たちを迎えた、皇帝陛下のメイドは予想外だったのか目を丸くしたけれど、皇帝陛下の命令通りに私たちをプライベートルームまで案内してくれた。

やってきた私たちを見て驚いた反応は、ジュリエッタや皇帝陛下のほうが大きかった。

「何なの、大勢で!」

「どうして他の側妃までいるんだ?」

皇帝陛下は私の後ろに立つ側妃たちを見て叫ぶ。

「オレは何も聞いていないぞ！」

「イエーヌ様に話をしましたら、他の方たちにも話をしてくださり、みなさん陛下のお部屋が見たいそうです。よろしいですわよね」

あのあと、フェイク様に調べてもらったところ、ジーナリア様が行方不明になった数日後に、陛下の部屋からメイドの格好をした女性が兵士と一緒に出てきたとの目撃証言があった。彼女は地下に連れていかれたそうだけど、そこには牢屋しかない。おそらく、メイドの格好をした女性はジーナリア様で、その時に彼女は牢屋に移動させられたのでしょう。

牢屋に続く扉の前には屈強な兵士が立っているので、理由なく牢屋を見に行くことはできない。

でも、いつまでも隠し通すことはできないはずだ。それに皇帝陛下本人がひとりで部屋を片付けていたそうだから、ジーナリア様がいたとわかる何かが残っているはずだわ。

イエーヌ様以外の他の側妃たちも陛下のことを疑っている。

私たちの証拠集めに付き合ってもらいましょう。

「事前に連絡を入れてもらわないと困る。オレも色々と忙しいんだ」

「連絡を入れましたが、フットマンは陛下から『話を聞いている暇はない。勝手にしろ』と言われたそうですわ」

「……これからは用件を先に言えと伝えておけ」

皇帝陛下は悔しそうな顔をすると、渋々といった様子で部屋の扉を開けた。プライベートルームの中は、深紅のカーペット以外はとても質素だと思ってしまうものだった。ベッドに本棚、姿見など必要な家具が置いてあるだけで、花を飾る花瓶などを置く台さえもなかった。

ひとりで家具を移動させることは無理だろうから、元々がこんな部屋なんでしょうけれど、あまりにも物がなさすぎて、ジュリエッタが首を傾げる。

「ソファも椅子もありませんけど、いつもベッドに座っているんですか？」

「ん？　あ、ああ、そうだ。眠るベッドは寝室にあるからな」

「ということは、最近、わたしにかまってくれないのは、このベッドに横になって、そのまま寝てしまっているということですね？」

「そ、そういうことだ」

ジュリエッタは合点がいったと言わんばかりに手を打った。

「これから、寂しい時はこちらにお伺いするようにしますね！」

ジュリエッタが笑顔で言うと、皇帝陛下は焦った顔になった。

「いや。ここはオレのプライベートな場所なんだ。他の人間に入られるのは困る」

「陛下が寝室に呼んでくださるのなら、わたしたちはそこで待っていますわ。でも、来てくださらないのであれば、わたしたちが行くしかないのではないでしょうか」

「そ、それはそれで困るというか」

イエーヌ様が悪気ない口調で言うと、皇帝陛下は苦虫を噛み潰したような顔になった。

もっともなことでもあるし、無邪気な発言を叱ることができないのでしょう。

ジュリエッタやイエーヌ様、それに気の弱い女性だけなら、強く言って黙らせることはできる。

でも、私の前で感情をあらわにすると、自分の都合が悪くなるということはわかっているようだった。

私としてはムキになってくれればボロが出ると思うので助かるのだけど、そう上手くはいかないわね。

「自分のお部屋に人を入れたくない気持ちはわかりますが、せめて、正妃のジュリエッタ様だけでも入れて差し上げるべきではないかと思いますが」

私が言うと、イエーヌ様が手を挙げて訴える。

「たとえ、側妃であっても妻は妻だわ。わたしたちも訴えていいはずよ。ジュリエッタ様！ジュリエッタ様はお優しい方ですから許してくださいますわよね」

「え？　あ、ええ、もちろんですわ」

イエーヌ様は本当のジュリエッタを知らない。

だから、純粋な気持ちで言ったのだろうけど、私としてはジュリエッタの複雑そうな表情を見て笑いをこらえるのに必死だった。

ダメダメ。こんなことを思っているとわかってしまえば、私の性格が悪いと言われてしまうわ。……って、すでに言われているから良いのかしら。

「と、とにかく、今、見ているんだから、しばらくは良いだろう！」

皇帝陛下は明らかにソワソワしている。さあ、どう攻めようかしらと思ったその時、小さな犬がトコトコと私の足元にやってきた。

「可愛い！」

目がくりくりで、ふわふわした真っ白な毛を持つ可愛らしい犬だった。体の大きさは私の両方の手のひらを合わせたくらいしかない。犬はピンク色のハンカチをくわえて、ふさふさと尻尾を振っている。

「これは誰のハンカチかしら」

私が口にした時、皇帝陛下が慌ててその犬からハンカチを取ろうとした。

「キャン！」

皇帝陛下に懐いていないのか、犬がハンカチを落として威嚇の体勢を取ると、イエーヌ様が叫ぶ。

「そのハンカチ！　ジーナリア様が持っているのを見たことがありますわ！」

「違う！　これはジーナリアのものじゃない！」

皇帝陛下がハンカチを拾おうとすると、犬は素早くハンカチをくわえ、部屋の隅に置いてある犬小屋の中に入っていった。

私は犬小屋を見つめながら呟く。

「どうして、ジーナリア様のハンカチをあの犬が持っているのでしょうか」

「あれはジーナリアのものじゃないと言っているだろう！」

「気になるので確認させていただきますわ」

私が犬小屋に近づいていくと、皇帝陛下が叫ぶ。

「余計なことをするな！」

皇帝陛下の表情を見るだけで、あれがジーナリア様のものだということがわかる。

残念でした。こんな好機を逃すわけがないでしょう。そう思って犬小屋の中を見ようとすると、犬が怒って見せてくれなかった。それはそうよね。人間だって知らない人がいきなり家に入ってきて、家の中を物色しようとしたら拒否するに決まっている。

嫌がることをして嫌われたくないし、噛みつかれても困るので、今は諦めて違う場所を捜すことにした。

犬は大切なものを隠すと聞いたことがある。もしかすると、犬小屋以外にも違う場所に何かを隠しているかもしれない。

そう思った私は、少しでも早く部屋から出ていきたがっている皇帝陛下には何も言わずに、ベッドに近づいていく。

知り合いの犬はベッドの下に物を隠したがると言っていた。ここ最近、部屋の掃除は簡単にしかしていないみたいだから、ベッドの下までは行き届いていないはずだ。

「おい！　勝手に部屋の中をウロウロするな！」

「申し訳ございません」

普通に考えれば、自分のベッドに他人が近づいていくことが嫌な気持ちはわかる。というか、私は他人じゃないからいいわよね。そう思い、すぐに謝ったけれど、諦めることはしない。

「どんなベッドなのか見ることも許していただけませんか？　ここで寝ようだなんて思いませんわ」

「そ、それくらいなら良いだろう」

「ありがとうございます。とても良いベッドですわね」

実際、良いベッドなのかどうなのかはわからない。

大人四人くらいが横になれそうな大きなもので、白いシーツがかけられ、枕がふたつ並べられているだけだ。だけど、私が使っているベッドよりも安いものが使われているなんてことはないでしょうから、そう言ってみた。

「そうだ。寝心地が良いんだ」

「「わたしも寝たいですわ！」」

イエーヌ様とジュリエッタが声を揃える。このふたりは今のところ仲良くやっているようだけれど、お互いの本性を知ったら、険悪モードになりそうだわ。ふたり共、似ているところがあるものね。相手にするのが面倒なのでこのまま、猫を被ったままでいてほしい。

皇帝陛下がふたりに気を取られている間に、私はさりげなくベッドの下を見た。

一瞬だけだったから、絶対とは言えないけれど、いくつか、小物のようなものが落ちていることはわかった。

もしかしたら犬は皇帝陛下がいない間、ジーナリア様に遊んでもらっていたのかもしれない。それで、ハンカチを持っていたのかもね。

同じような髪型でドレスを着た私を見つけて、ジーナリア様のように遊んでくれると思って寄ってきたのかしら。

そういえば、犬の名前を知らないわ。

「皇帝陛下、よろしければ犬の名前を教えていただけますか」

「……シロだ」

「シロ」

私を含めた女性陣は一斉にシロのほうを見た。見た目と同じで可愛い名前だけど、皇帝陛下の犬の名前にしては安直すぎる気もする。シロが名前を気に入っているなら良いけど、それはシロにしかわからないしね。

シロは自分の名前だと認識しているようで、犬小屋の前で嬉しそうに尻尾を振っている。

「もう良いだろう。セリーナ、オレと一緒に寝室に行くぞ」

早く出ていけと言わんばかりに、皇帝陛下が扉を開けると、廊下には陰気で冷酷そうな顔立ちのサディールが立っていた。

「皇帝陛下、お話があるのですが」

「何だ」

「ここでは話せません」

「わかった」

サディールの様子から、私たちには聞かれたくないものだと察したのか、皇帝陛下は私を見つめる。

「悪いがセリーナ、予定を明日に変更する」

「明日は風邪を引いていますので、皇帝陛下の健康のために辞退させていただきますわ」

「……意味がわからん！」

「そのままの意味ですわ。実は今も体調が良くないんですの」

「今日は無理をしてここまで来たと言うのか？」

「いえ。ここに来てから体調が悪くなりましたの。このお部屋と相性が悪いのかもしれませんね」

小首を傾げて言うと、皇帝陛下は眉根を寄せて叫ぶ。

「とにかく、また明日改めて連絡をする！」

「承知いたしました」

私が頷いたことを確認して、皇帝陛下は部屋を出ていった。ジュリエッタの作戦がどんなものなのかわからないままだったけれど、とにかく、話は終わった。

サディールが皇帝陛下を呼び出さなければならない案件を作ったのはフェイク様だ。

ふたりが場所を移している間に、フェイク様と通じている側近が部屋の確認をしてくれることになっている。邪魔にならないように、私は陛下のプライベートルームをあとにした。

次の日の朝、フェイク様からの手紙をロニナが出勤と同時に届けてくれた。皇帝陛下のベッドの下には、犬のおもちゃやおやつが隠されていただけでなく、髪に結ぶリボンもあった。

皇帝陛下が髪の毛を結んだことは今までに一度もないという確認が取れたため、ジーナリア様の侍女に確認を取ったところ、ジーナリア様のものに間違いないということだった。なぜそれがすぐにわかったのかというと、特注の生地で作らせたものだったため、侍女の記憶に深く刻まれていたからだ。

どうすれば偶然を装って地下牢にいるジーナリア様を見つけ出すことができるのか考え、ひとつの作戦を思いついた。誰にでも考えつくようなものだけれど、ちゃんと段取りをしておけば、不自然には思われないはずだ。

「ロニナ、宮殿の料理長と連絡を取りたいの。申し訳ないけど、今から書く手紙を料理長に持っていってくれないかしら」

「お任せください！」

私がメイドの格好をするのは無理があるし、たとえメイドだと思ってもらえたとしても、食事を地下牢まで運ぶことはさせないはずだ。

それなら――。

手紙を書き終えてロニナを見送った私は、上手く偶然を装えるように準備を始めた。

第三章　監禁されていた側妃

側妃は宮殿内に住むことはできないけれど、皇族のプライベートな場所や禁止エリア以外は、自由に動くことが可能だ。私は料理長に連絡を取り、犬用の食事を地下牢に持っていく時間帯を教えてほしいと伝えた。

犬用の食事は、料理長があんな小さな犬が食べるには量が多すぎると訴えたところ、皇帝陛下からかなりの剣幕で怒られたそうだ。そんなこともあって皇帝陛下が何か悪いことをしているのかもしれないと疑っているようだった。

念のため、この件は他言しないようにとも書いておいた。料理長から返事が来ると、早速、行動を開始することにしたけど、気になることがあった。

宮殿に着き、目的地に向かっていると、誰かに尾行されているような気がして、足を止めて振り返ると、メイド姿の中年の女性と目が合った。彼女は私に慌てて一礼したので、軽く会釈して歩みを再開する。そうするとなぜか彼女も歩き出し、私が足を止めると、彼女もまた足を止める。

あからさますぎるわ。

近くにいた兵士に頼んで、そのメイド姿の女性を捕まえて話をさせると、彼女はジュリエッタのメイドで私を監視するように頼まれたのだと言う。ここまで馬鹿だったとは予想外だったわ。

ジュリエッタはまだ私を浮気相手だと疑っているみたいね。

メイドから色々と話を聞きたかったけれど、時間がなかったので彼女を兵士に預け、私は先を急いだ。

私の作戦はいたって簡単なもので、ただ偶然を装うだけで良い。

ジーナリア様のため……ではなく、シロのための食事を持っていく時間を料理長から教えてもらい、そのタイミングで地下牢に続く扉の近くに行ってメイドが兵士に食事を預ける場面に遭遇したふりをする。そして、声をかけるだけだ。

「そのお食事は誰のものなの？」

メイドの背後から声をかけると、メイドだけでなく兵士も驚いた顔をした。

「こ、これはシロ様のお食事です」

「どうしてシロの食事を地下牢に持っていくの？　シロは地下牢で飼われているわけじゃないわよね？」

「そういうわけではないと思いますが……。申し訳ございません。私はここに持っていくように命令されただけでございます」

メイドには段取りを伝えていないので、怯えた顔をして答えた。

「シロの食事にしては量が多いわね」

「……それは料理長も言っていました」

「そうなのね」

頷いてから兵士に笑顔で話しかける。

「シロが食べているところを見たいの。私が持っていっても良いかしら」

「申し訳ございません。サディール様から、許された方しか通してはならないと言われているのです」

「許された方というのは、どういう人のことを言うの？　私は地下牢に行っては駄目だと言われてはいないわ」

ふたりの兵士は困った顔をして顔を見合わせる。このふたりはどうして通してはいけないのか、理由は知らされていない可能性がある。もし、知っていたならば、なんとしてでも私が地下牢に行くことを拒むはずだ。

「心配しないで。責任は私がとるから」

そう言うと、兵士たちは安堵したような表情になった。

ロニナは地下牢に行くことを許可されていないので、私が食事の載ったトレイを持つことにした時、タイミング良くフェイク様が通りかかった。

「何をしているんだ？」

「……シロの食事を持っていこうとしていました」

「セリーナ妃が持っていくのか？」

「はい。メイドは地下牢に行くことを許されていませんので、私が持つしかありません」

「なら、俺が持とう」

フェイク様はそう言って、私の手からトレイを受け取った。私だけなら下にいると思われるサディールに止められる可能性が高い。でも、フェイク様が相手ならまた違ってくる。これで私も兵士たちもお咎め無しで地下牢に行くことができるわ。

地下牢に続く階段を下りていくと、施錠されている木の扉があった。トレイをフェイク様に持ってもらっているので、私がノックをすると「誰だ」とサディールらしき声が返ってきた。

私はフェイク様と顔を見合わせて頷き合ってから、口を開く。

「セリーナよ。シロに食事をあげたくて持ってきたの」

「セリーナ妃ですって？」

扉には向こう側からこちらが見えるように覗（のぞ）き穴がある。サディールは覗き穴から私たちの姿を確認したようで、大きなため息を吐く。

「おひとりではなくフェイク様もいらっしゃいますな」

「淑女にトレイを持たせるのは良くないと言って持ってくださっているのよ」

「メイドに持たせれば良かったのではないのですか？」

「メイドを通さないようにしたのはあなたでしょう」

舌打ちする音が聞こえ、内側から鍵が開けられ、不快感をあらわにしたサディールが姿を現した。

「どうしておふたりが一緒にいるのです？」

「たまたま通りがかっただけだ。セリーナ妃も言ったが、メイドはここに来る許可を得ていない。だから、俺が行くと言った」

「……だからといって、フェイク様がメイドの代わりをする必要がありますかねぇ」

サディールは嫌味ったらしい笑みを浮かべた。

「兄上と同じように浮気だなんだと言い出すつもりか？　不愉快だな」

「……申し訳ございません」

サディールも調子に乗りすぎたと気づいたのか、慌てて頭を下げた。サディールは陛下の権力の笠に着て偉そうにしているらしく、使用人たちからは好かれていない。フェイク様に言われて謝ったが、何も言わなければもっと調子に乗って、私たちの関係を疑うような発言をしていたかもしれない。

「それでシロはどこにいるの？」

「……せっかく来ていただいたのに申し訳ございませんが、シロはここにはいません」

「では、帰ってくるまで待たせてもらうわ。いつもここで食べるなら、そのうち戻ってくるでしょう？」


尋ねると、サディールはこれ見よがしに大きなため息を吐く。

「セリーナ妃、正直に言わせていただきますと仕事の邪魔なのですよ」

「あら、あなたはここで仕事をしているの？　あなたほどの地位のある人間が、地下牢でどんな仕事をしているのか教えてもらいたいわね」

「でしたら日を改めていただけませんかね。今は、あなたの相手をしている時間はないのですよ」

サディールは完全に私を見下しているらしい。

彼が私を睨みつけて言った時だった。

「誰か……、誰か助けてぇ！」

「おい、静かにしろ！」

女性の叫び声が聞こえ、すぐに男の怒り声と鞭打ちの音が聞こえた。

私とフェイク様は顔を見合わせたあと、すぐにサディールに視線を戻す。

「私の相手をしている時間はないと言っていたけど、どうにかして作ってもらうしかないわね」

私が冷たい口調で言うと、サディールは忌々しそうな顔をして、背後を振り返った。

「今、地下牢に誰かを収監させているという話は聞いていないが、どういうことだ？」

フェイク様が尋ねると、サディールは眉間のシワを深くして答える。

「口答えする者がいたので、罰を与えているだけです」

「口答えしただけで地下牢に入れられるの？　しかも、あなたの権限だけでそんなことができるの？」

今度は私が尋ねると、サディールは鼻で笑う。

「セリーナ妃、申し訳ございませんが、あなたの質問に答える義務はありませんな。私は皇帝陛下の部下であって、あなたの部下ではありません」

「そうか。なら、俺はお前の部下じゃないから奥に入らせてもらう。セリーナ妃も一緒に来るといい」

そう言って、フェイク様はサディールの体を肘で押し退けて奥に進む。サディールは何か言おうと忌々しげな顔をして口を開いたけれど、私と目が合ったので慌てて表情を温和なものに戻す。

「セリーナ妃が楽しめる場所ではありませんよ」

「楽しむ必要なんてないわ。好奇心で入ってみたいだけだから」

微笑んで答えると、サディールの笑みが引きつったのがわかった。

「フェイク様、ありがとうございます。それからサディールさん、気になるのならあなたも一緒にどうぞ」

「……私は遠慮しておきます」

「駄目よ。私はあなたの上司の側妃よ。馬鹿なことをしないか、しっかり見張ってもらわないといけないから付いてきてちょうだい」

サディールは私たちが中に入っている間に、皇帝陛下に助けを求めに行こうとしていたに違いない。

そうはさせないわ。

扉の向こう側には薄暗い廊下と、灰色の石造りの地下牢が三つ並んでいて、その一番奥のほうから人の声が聞こえてくる。

「今度、声を上げたらどうなるかわかっているんだろうな！」

「ううっ……、助けて……」

ジーナリア様らしき女性の声が聞こえ、フェイク様と私は歩くスピードを速めた。廊下と同じく薄暗い地下牢の中には物は置かれておらず、鞭で打たれたせいか、ボロボロになったメイド服を着たジーナリア様と、彼女を押さえつけている若い兵士の姿だけがあった。

「ジーナリア様！」

予想外の状況に、思わず大きな声をあげてしまった。ジーナリア様は手足を縛られた状態で冷たい石の床に寝かされていたので、すぐさま駆け寄って声をかける。

「すぐに自由にしてさしあげますわね」

「えっ……、フェイク様と、セリーナ妃!?」

私たちがいることに気がついた兵士は慌ててジーナリア様から離れ、持っていた鞭を後ろ手に隠した。

「……セリーナ妃。これを使え」

「はい！　ありがとうございます！」

フェイク様が着ていた黒の上着を私に渡してくれたのでそれを受け取り、ジーナリア様の体にかける。

ジーナリア様がメイド服姿で連れて行かれたとは聞いていた。もしかしたら、一度も着替えさせてもらってないのかもしれない。よくもまあ、こんなに酷いことができるわね⁉

鞭を持っていた兵士とは別の兵士が牢屋の中に入ってきて、ジーナリア様の手足を縛っているロープを切ったけれど、彼女は何も反応しない。

「大丈夫ですか……って、大丈夫なわけがありませんわね」

ジーナリア様は呆然（ぼうぜん）とした様子で私を見つめ、私と目が合うと状況が把握できたのか、大粒の涙を流す。

「わたくし、こんなに怒られるなんて思っていなくてぇ……」

私もこんなことになっているなんて予想していなかった。考えが甘かったわ。だけど、ジーナリア様が嘘をつかなければ、こんなことにならなかったのも確かなのよね。

「……悪意を持って人を騙すことは良くないことだと、わかっていただけましたか？」

尋ねると、ジーナリア様は何度も首を縦に振った。

命があるだけマシなのでしょうけれど、彼女にしてみれば、死んだほうがマシと思うような屈辱を受けていそうだわ。

「サディール、これは一体どういうことだ」

フェイク様に睨みつけられたサディールは、言い訳を探しているのか、唇をかみしめてフェイク様を睨み返した。

「いやはや、本当に驚きましたな」

少しの沈黙のあとにサディールは表情を緩めて口を開いたかと思うと、強い口調で続ける。

「私は皇帝陛下に地下牢を見張っていろと言われただけで、誰がここにいたかは知らんのですよ。まさか、行方不明になっているジーナリア様がこんな所にいるとは驚きですね」

「嘘だわぁっ！」

ジーナリア様が叫ぶと、サディールは冷たい笑みを浮かべて話しかける。

「ジーナリア妃、あなたは混乱しておられるのですよ。少しでも早く医者に診てもらったほうが良いのではないでしょうか」

「ううっ」

「おや、ジーナリア妃、どういたしました？　私が何もしていないことを思い出してくださいましたか？」

サディールが恫喝していることに気がついた私は、ジーナリア様の体を優しく抱きしめる。

「大丈夫ですよ。私たちがいますからね」

ジーナリア様には優しく声をかけたあと、サディールに視線を移す。

「ジーナリア様はあなたが怖いみたいね」

「私は女性には優しい人間ですよ。ねえ、ジーナリア妃」

「そうは思えませんわね」

震えて話せなくなっているジーナリア様の代わりに答えると、サディールは眉間にシワを寄せた。

「セリーナ妃、私は真実を話しているのですよ」

「そうとは思えないわ」

「調べもせずに嘘だと決めつけるのもどうかと思いますが」

「そこにいる兵士が知っているのに、上司であるあなたが知らないほうが監督不行き届きなんじゃないの？」

「そうだ。そのことであなたを捕まえても良いんだぞ」

フェイク様に言われ、サディールは舌打ちをしたあと顔を歪めた。

ここに長居をしている必要はないわね。ジーナリア様は衰弱しているようだし、少しでも早くお医者様に診てもらわなくちゃ。

「ジーナリア様、とにかく、ここから出ましょう」

「……はい」

ジーナリア様は頷くと、ゆっくりと立ち上がろうとした。でも、なかなか、立ち上がれない。よく見てみると、白い肌に鞭で打たれたような痕が残っていることがわかった。見ているだけで痛々しいわ。

「手を貸そう」

「……ありがとうございます」

フェイク様が手袋をした手を差し出すと、ジーナリア様はその手に支えられながら、なんとか立ち上がった。

「抱き上げても良いが」

「いいえ。わたくしは、皇帝陛下の妻ですから、お気持ちだけで結構ですわぁ」

「わかった」

ジーナリア様が側妃じゃなかったら、横抱きするシーンが見られたのかしら。とても絵になりそうだけど、なんだか複雑な気分になるのはなぜだろう。

それだけフェイク様に対して勝手に仲間意識を持ち、心を許してしまっているのかもしれないわ。この気持ちが浮気だと思われないように気をつけなくちゃ。

側妃でいる間は、たとえ白い結婚だったとしても、他の男性を思うわけにはいかない。

「……どうかしたのか」

「いえ。こんな時なのに考え事をしていました。申し訳ございません」

私の動きが止まっていたからか、フェイク様が心配げな表情で尋ねてきたので苦笑する。

今は、ジーナリア様たちに集中しないと駄目ね。ジーナリア様を安全な場所に移してから、サディールと戦うことにしなくちゃ。

ジーナリア様を連れて明るい場所に出ると、彼女の顔色がとても悪いことに気がついた。

メイドがジーナリア様を医務室に連れていこうとした時、誰かが報告でもしたのか、皇帝陛下がやってきた。

「おい！　一体、どういうことだ！」

「兄上、それはこっちのセリフですよ」

サディールを見ると、皇帝陛下が来たらこっちのものだと言わんばかりに、顔には笑みが浮かんでいる。

これで安心だなんて、馬鹿な考えだわ。体調が良くないジーナリア様には悪いけれど、この場で話をさせてもらう。

「皇帝陛下、あなたはサディールさんに地下牢を見張るように命令したのですよね」

「……何が言いたい」

「サディールさんは皇帝陛下の部下なのですよね。その彼が地下牢の見張り役をし、地下牢にはジーナリア様がいたのです。ということは、ジーナリア様を地下牢に閉じ込めたのは、皇帝陛下ということでよろしいでしょうか」

少しの沈黙のあと、皇帝陛下ははっきりと答える。

「オレは知らない」

「……は？」

聞き返したのはサディールだった。

「オレはジーナリアを捜していた。ジーナリアが地下牢にいたというのなら、サディールがジーナリアを誘拐、監禁したんだろう！」

保身のためか、皇帝陛下はあっさりとサディールを切り捨てた。ジーナリア様には改めて確認をするつもりだけれど、この調子だと、皇帝陛下は自分の関与を認めないでしょうね。

「嘘だ！　皇帝陛下！　あなたは私を裏切るのですか！」

サディールが必死の形相になって叫ぶ。

仲間割れが始まりそうだからか、フェイク様がジーナリア様を医務室に運ぶようにメイドと兵士に頼んだ。

「裏切る？　何を言っているんだ。裏切ったのはお前だろう」

「……どういうことですか」

サディールが尋ねると、皇帝陛下は笑みを浮かべる。

「ジーナリアを監禁していたなんて、オレへの裏切り以外のなにものでもないだろ」

「……私も知りませんでした」

「なんだって？」

「皇帝陛下、私も知らなかったのです」

サディールは皇帝陛下とやり合うのではなく、お互いの立場を守ることを選んだ。仲間割れしてくれなかったのは残念だわ。

サディールの答えは苦しい言い訳だけれど、それを無理矢理、事実だと押し通してくるつもりだ。……となると、真実を知っているジーナリア様に危険が及ぶ可能性がある。

危険を感じて追いかけようとすると、フェイク様が止める。

「彼女には俺の影の護衛をつけているから心配するな」

サディールたちに聞こえないように、小声で教えてくれた。

「……ありがとうございます」

それなら安心だと思い、彼らに集中しようとすると、皇帝陛下が話しかけてきた。

「……そうか。そうだったのか。おい、セリーナ、そういうことだ」

「そういうことだ、とは？」

「オレもサディールも何も知らなかった」

「そういうことです。兵士が勝手に女性を連れ込んだと思っていたら、ジーナリア様だったというわけです」

皇帝陛下の話を継いだサディールがにやりと笑う。その笑みに苛立ちを覚えた私は彼に言い返す。

「ふざけないで。そんな話が通じると思っているの？　大体、兵士が勝手に地下牢に出入りして良いわけではないし、女性を監禁するなんてありえないことでしょう」

「事実ですから、通じる通じないの問題ではありません。私は、兵士を止めようとしていたところだったのです」

「止めようとしていた？」

「ええ。あなた方がここに来なければ、今頃は私がジーナリア様を助け出していたはずですよ」

そんな話を信じる馬鹿だと思われているのかしら。

「セリーナ妃」

眉根を寄せたフェイク様に名を呼ばれて、私は我に返る。

そうだわ。こういう時こそ冷静にならないと駄目ね。

「では、陛下がここに食事を運ばせていた理由はなんなのです？」

「オレはここにシロがよく遊びに来ているから、食事を運ばせるように言っただけだ」

「どうしてシロが地下牢に来るのですか。興味を引くものがなければ、わざわざ来ないでしょう」

もし、本当にシロが来ていたなら、ジーナリア様の匂いを辿(たど)ってきたのだと思われる。

「セリーナはどうしてもオレを疑いたいみたいだな」

皇帝陛下は鼻で笑うと、右手の人さし指を立てる。

「お前はオレを疑っているようだが、それが不敬罪に当たることはわかっているのか?」

「事実でなければそうなるでしょう」

「なら、事実ではなかった時、お前は大人しく不敬罪を受け入れて処刑されるのか」

「そうですわね。確信がないのに言ったことになりますから、不敬罪に問われてもおかしくないでしょう」

こんなことを言ってはいるが、絶対に処刑されるつもりはない。それにしても、皇帝陛下は一体何を考えてこんなことを言っているのかしら。

「オレが何も知らなかったことを証明できた時、処刑ではなく、オレの正妃になれ。お前にとっては処刑よりもそちらのほうが嫌だろうからな」

とんでもない申し出に、私は眉根を寄せる。

最悪だわ。選ばれた時よりも彼のことを軽蔑している今では、彼の言う通り、正妃になることは処刑よりも嫌だ。

「では、兄上たちが関わっているという証拠を見せれば、素直に罪を認めるのですか?」

フェイク様が尋ねると、皇帝陛下は大きく頷く。

「そうだ。証言ではなく、証拠を見せろ」

「承知しました」

フェイク様が迷うことなく頷いたので、私は不安になって彼を見つめる。

「心配するな」

と言われましても……って、あんなことを言ってしまわれたあとだもの。泣き言を言っても無駄だし、もう、やるしかないわよね。

「証拠を提示できた時は、潔く罪を認めてくださいませ」

気持ちを切り替え、微笑んで言うと皇帝陛下は少し躊躇する様子を見せる。

この様子だと証拠は簡単に見つかりそうね。

「無関係だとおっしゃるのであれば、この条件を断る理由はありませんわよね？」

「……わかった」

皇帝陛下は少し考えたあと、渋々といった様子で頷いた。

皇帝陛下とサディールとはその場で別れて、フェイク様と一緒に歩き出した。少し後ろをロニナとフェイク様の側近が歩いているから、ふたりきりではない。

何度も言うけれど、ふたりで歩いていたら、皇帝陛下から何を言われるかわからないからね。

「フェイク様を信じていないわけではないのですが、本当に大丈夫なのですか」

「大丈夫だ。少しでも不安があるなら、あんなことは言わない。罰を受けるのは俺じゃなく君だからな」

「一応、お伝えしておきますが、私は正妃には絶対になりたくありません」

「知っているよ。だが、側妃のままが良いという人間も珍しいな」

「相手が相手ですから。皇帝陛下が別の人になるというのであれば別ですけど」

不敬な発言になるので小声で言うと、フェイク様は苦笑する。

「今回の件が公になれば、さすがの兄上も無傷ではいられないだろう」

「皇帝ではいられなくなるということでしょうか」

「そういうことだ」

フェイク様が余裕でいられるのは、よっぽどの自信があるからなのでしょう。その理由が何かはわからない。メイドたちの間で流れている、あの噂が関係してくるのだろうか。

「あの、フェイク様」

「どうした」

「失礼だとわかっていながらも、お聞きしたいことがあります」

「何だ？」

「誰かに聞かれてはまずいですので、筆談でもかまいませんか？」

「……かまわない。だが、俺はその前に証拠集めをする」

「……私もジーナリア様の所へ行こうと思います」

考えてみたら、皇帝陛下がジーナリア様を放っておくわけがない。

今頃は彼女の所へ行っているかもしれないわ。

フェイク様の部下が見張ってくれているみたいだし、すぐに口封じされるなんてことはないでしょうけど、やっぱり気になるし、話を聞いておきたい。

「では、別宮に戻ったら連絡を入れる」

「お願いいたします」

「ジーナリア妃の所には兄上がいると思うが、ひとりで大丈夫か」

「大丈夫です。正妃を使って追い出しますので」

皇帝陛下は私とジーナリア様がふたりで話すことを嫌がるでしょうけど、ジュリエッタを呼んできて、皇帝陛下のお相手をしてもらえば良い。

そう思って答えると、フェイク様は理解してくれたのか、無言で頷いた。フェイク様とはその場で別れると、近寄ってきたロニナに話しかける。

「ジーナリア様の様子を見に行くわ」

「い、一体、何があったのでしょうか。ジーナリア様が見つかったのは良かったですけど、どうして地下牢なんかに入れられていたのでしょう？」

「ロニナ、私が答えを言わなくてもわかるでしょう」

尋ねると、ロニナは少し考えてから真剣な表情で頷いた。

急いでジーナリア様がいる医務室に向かう途中で、さっきジーナリア様と地下牢にいた兵士が私の所に駆け寄ってきた。

「セリーナ様、助けてください！」

兵士は私の目の前で立ち止まると、床に膝をついて懇願する。

「私はサディール様に命令されて、あのようなことをしていただけです！　それなのに、このままでは私が処刑されてしまいます！」

正直に言えば、助けたくないというのが本音だけど、命令されたからやったというのも嘘ではなさそうね。

ここは条件付きで、こちらに付いてもらうことにしましょうか。

「ジーナリア様を監禁して暴力をふるっていたことは許されることじゃないわ。だけど、命令だったというのなら、処刑よりは軽い罰になるよう進言してあげましょう」

「あ、あ、ありがとうございます！」

「そのかわり、あなたが知っていることを教えてちょうだい。それから、今すぐあなたの仲間に相談してほしいことがあるの」

「相談してほしいこと？」

不思議そうな顔をする兵士に近づき、小声で話しかける。

「このままサディールに付いていれば、いつかは捨て駒にされるだけ。それなら、彼の元を離れたほうが良いのではと、あなたの仲間に相談してみて」

「で、ですが」

「そうしないと、あなたはサディールの命を受けた仲間に殺されることになるわよ」

厳しい口調で言うと、兵士はごくりとつばを飲み込んだあと、悲痛の表情を浮かべながらも首を縦に振った。

兵士には、サディールたちに私と繋がっていることがバレないように行動することを約束させて別れた。自分の命がかかっているのだから、そこは慎重にしてくれるでしょう。

兵士と別れた私はジーナリア様の所へ向かい、ロニナにはジュリエッタを呼んでくるようにお願いした。

ジュリエッタには皇帝陛下を追い出すのに役立ってもらいたいのよね。

医務室に近づいてきた所で、皇帝陛下の怒鳴り声が聞こえてきた。

「オレは皇帝だぞ！　命令がきけないというのか⁉」

「申し訳ございません、皇帝陛下。ジーナリア様は男性が近づくと怯えてしまうのです。話ができるような状態ではありません」

「夫のオレなら大丈夫だ！」

ジーナリア様にどうしても口止めがしたいらしく、皇帝陛下は必死だった。お医者様の助手らしき女性は、今にも泣き出しそうになっている。

「皇帝陛下、夫であれば妻を思いやるべきではないのでしょうか」

「……セリーナか」

会話に割って入った私を皇帝陛下は忌々しそうな目で見つめて訴えてくる。

「オレはジーナリアのことを本当に心配しているんだ。それなのに、夫のオレが会えないなんておかしいだろう！」

「生きていただけでも良かったとは思えませんか？　今までは安否がわからなかったんですよ？」

「そ、それは……、良かったとは思っている。だけど、じっくり顔が見たいんだ。優しい言葉をかけてあげたいしな」

「憔悴（しょうすい）しきっている時の顔なんて見られたくないものですわ。気持ちを汲（く）み取ってあげてくださいませ」

「……セリーナ、お前！」

「パクト様ぁ！」

眉根を寄せた皇帝陛下が何か言いかけた時、満面の笑みを浮かべたジュリエッタが部屋に入ってきた。

思った以上に早く来てくれたわね。

ジュリエッタはどうしても、私と皇帝陛下を接触させたくないらしいから、今回はその気持ちを上手く使わせてもらうわ。

「ジュリエッタ様、あなたは正妃なのですから、しっかり役目を果たしてくださいね」

「わかっていますわ」

本当にわかっているのかしら。

皇帝陛下の前だからか、ジュリエッタは可愛らしい笑顔を見せると、皇帝陛下の腕を掴む。

「パクト様ぁ！　ジュリエッタはパクト様にかまってもらえないと寂しいですぅ！」

「……ジュリエッタ」

「何でしょうか？」

皇帝陛下に名を呼ばれて、ジュリエッタは小首を傾げる。すると、皇帝陛下は眉間にシワを寄せて口を開く。

「お前のような顔だけの女はいらん！　時間の猶予をやるし、離婚をしてやるから、この宮殿から出ていけ！」

「へ？」

予想外の発言に、私は言葉を発することができなかったし、ジュリエッタはぽかんと口を開けた。

「え……えっと、パクト様は何をおっしゃっているのですか？」

ジュリエッタは困惑した表情で皇帝陛下に尋ねた。

「そのままの意味だ。顔だけの正妃なんていらないんだよ」

「か……、顔だけの正妃？」

聞き返したジュリエッタの声が震えているのがわかった。

それにしても、本当に勝手な皇帝陛下だわ。私はジュリエッタのことは好きじゃないから、彼女の味方になるつもりはない。だけど、皇帝陛下の自分勝手すぎる発言は、もっと気に入らないから、つい口を出してしまう。

「皇帝陛下、正妃にジュリエッタ様を選んだのはあなたです。自分の判断に責任を持ってはいかがでしょうか」

「責任だと？　失敗だったと思って後悔している。それで良いだろう。誰だって間違いを犯すものだ」

「し……、失敗？」

ジュリエッタが聞き返すと、皇帝陛下は迷うことなく頷く。

「だってそうだろう。ジュリエッタのことも温和な性格かと思っていたらそうでもなかった。裏表があるとわかったんだ。そんな女を正妃にするわけにはいかない」

「……そんな、裏表だなんて……、酷い！」

「本当のことだろう。セリーナの前では本性を剥き出しにしているじゃないか」

……皇帝陛下もそこまで馬鹿じゃなかったのね。ちゃんと、ジュリエッタのことを調べたんだわ。性格の良い馬鹿だと思っていたら、性格の悪い馬鹿だったとわかって面倒になったのね。

かといって、簡単に切り捨てすぎでしょう。

そのことを伝えたくて口を開く。

「ですが、それを見抜けなかったのも皇帝陛下です。一時とはいえ、愛した女性でしょう。簡単に切り捨てるのはどうかと思いますわ」

「国のためだからしょうがないだろう。お前はこんな女を皇后にさせたままにするつもりなのか？」

「ジュリエッタ様の性格は褒められたものではありませんが、国民の前では上手くやれると思いますわ」

「……お前は上手くやれないとでも言うのか？」

「陛下もご存じの通り、私は愛想笑いなどできません」

国民に笑いかけることができても、皇帝陛下に心から笑いかけるだなんて絶対に無理だわ。

「いつもの愛想笑いをすれば良いだけだ。オレと過ごしていくうちに、お前は絶対にオレを好きになるから心配するな」

「……ありえませんわね」

好きになったら捨てられるとわかっているのに、好きになるわけがないでしょう。

「そんなことはわからないだろう。……とにかく、ジュリエッタは側妃に格下げだ。今日から別宮に移れ」

「嫌です！」

ジュリエッタは皇帝陛下に縋りついて叫ぶ。

「わたしの何がいけないんですか⁉　性格の裏表があるだなんて酷いです！　わたしは正直に生きているだけなんです！　お姉様とは違って、パクト様や国民の前ではいつでも笑っていられます！　だから、側妃にするなんて言わないでください！」

「お前がセリーナに嫌がらせをしていたことはわかっている。そんな人間を正妃のままにしていられないだろう」

「嫌がらせなんてしていません！　お姉様に甘えていただけです！」

嫌がらせを甘えというのもどうかと思うけど——。

すると、皇帝陛下は鼻で笑う。

「正妃がそんなに幼稚では困るんだ」

「……が、頑張ります！　もっと頑張りますから！　お願いです。チャンスをください！」

「セリーナよりも優秀になれるのか？」

「もちろんです！」

ジュリエッタが涙を流しながら頷くと、皇帝陛下は彼女を優しく抱きしめる。

「そうか。しょうがない奴だ。それなら、もう一度だけチャンスをやろう」

「あ、ありがとうございます！」

「オレを失望させないでほしい」

「頑張ります！」

ジュリエッタは皇帝陛下の腕の中で、何度も頷いた。

茶番劇を見せられた気分だわ。彼女の涙が本物なのか嘘なのかはわからない。

でも、この件があったおかげで、皇帝陛下の頭からジーナリア様のことは抜け落ちたようで、皇帝陛下はジュリエッタと一緒に、この場を離れていった。

予想外の展開になってしまったけれど、目的が果たせたのだから、これはこれで良いことにしましょう。正妃云々の話は、皇帝陛下を引きずり下ろしてしまえば白紙になるんだもの。

私はロニナを廊下に待たせて、医務室の中に入った。

ジーナリア様は薬で眠らされていて、すぐに話せる状態ではなかった。皇帝陛下が来たと聞いて興奮状態に陥ったので、医者の判断で眠らせることにしたのだと教えてくれた。

いつ皇帝陛下が戻ってくるかわからないので、しばらくの間、私はジーナリア様の目が覚めるまで医務室内で待たせてもらうことにした。

よっぽど怖い思いをしたんでしょうね。今さら悔やんでもどうしようもないけれど、もっと早くに動けば良かった。嫌な相手だから、別に私が助けなくても良いだろうという気持ちがどこかにあったんだわ。

もし、行方不明になっていたのがロニナなら、もっと必死になって見つけ出していたはずだもの。

……それにしても、ジュリエッタはどうするつもりなのかしら。

皇帝陛下はあんなことを言っていたけれど、大した猶予期間はないと思われる。私は自分が関わりたいと思った人とだけ関わって、あとは自由にのんびりと暮らしたいだけなのよ。

それなのに、そうもできない状況になってきているから嫌になる。

皇帝陛下を今の地位から引きずり下ろしたあとのことだって、今から考えておかなければならない。見て見ぬふりをすることが、今の私の立場を守ることに繋がるのかもしれない。

でも、それは私の流儀に反するし、自分の気持ちを抑えてまで皇帝陛下の正妃になんて、どうしてもなりたくないのよ。

モヤモヤしながら今後のことを考えている間に、時間が過ぎてジーナリア様が目を覚ましたのだった。

第四章　側妃生活にさようならを

　ジーナリア様は目を覚ましたものの、長く話せる状態ではなかったため、今日のところは体調の確認をするだけにして、日を改めることにした。ジュリエッタの食事の用意も終えて私が別宮に戻った時、フェイク様から報告も兼ねて夕食を誘われたので、ダイニングルームで一緒に食事をすることになった。

　今までと同じくふたりきりになるわけにはいかないから、フェイク様の側近とロニナには部屋に残ってもらった。

　食事をしながら、まずは証拠集めの件についてフェイク様は話し始める。

「シロの小屋には、ジーナリア妃のものらしき女性用の小物が入っていた。部屋を片付ける時に兄上がそこに押し込んだか、シロがくわえて運んだのかどちらかだな」

「犬小屋に押し込むくらいなら、燃やしてしまったほうが良いのではないでしょうか」

「今の季節は暖炉に火をつけていない。火をつけるには誰かに頼まないといけないだろう」

「……そうですわね。怪しまれるのは確かですわ」

　でも、シロが持ち運んだにしても、犬小屋の中を皇帝陛下は確認しなかったのかしら。

　あんなものが犬小屋の中で見つかれば、自分を疑ってくれと言っているようなものだわ。

「……犬小屋の中を見たくても見ることができなかったのかしら」

「その可能性はあるな。シロは兄上に懐いていないから、家の中を見せるのを拒んだのかもしれない」

「無理矢理、見ようとしたら噛みつかれますし、かといって、乱暴しようものなら、シロが怪我をしますから、それはそれで犬を可愛がっているわけではないのかと疑われますものね」

「俺がそれを知ればシロを引き取ろうとするからな。そうなると、ジーナリア妃の分の食事を運んでもらう理由がなくなる」

「……そういえば、ジーナリア様が行方不明になってから、シロは城内をうろつかなくなったとメイドが言っていました」

シロはどうしてジーナリア様がいなくなったのかわからないから、彼女が帰ってくるのを、犬小屋の中で待っていたのかもしれない。

そう思うと、とても健気よね。

ジーナリア様の侍女から聞いた話によると、彼女は皇帝陛下から酷い扱いを受けていて『お前はオレの犬だ』と言われ、食事もシロの食べ方の真似をさせられたり、移動するにも四つん這い(ば)にさせられていたらしい。そんな辛い状況の中、シロの存在はジーナリア様にとって、唯一の癒やしだった。

そして、シロはシロでジーナリア様のことを守るべき存在だと認識したのでしょう。

「ジーナリア様を監禁していた決定的証拠になるかはわかりませんが、犬小屋の中身のことも攻めていきたいですわね」

「そうだな」

　話しがある程度まとまった頃には食事を終えていたので、私たちはその場で別れそれぞれの部屋に戻ったのだが、しばらくしてフェイク様が訪ねてきた。

「夜分に申し訳ない」

「いえ。どうかなさいましたか？」

　まだロニナの勤務時間中だったため、部屋の中に招き入れ、お茶を淹れてもらっている間に話しかける。

　さっき話したばかりなのに、一体どうしたのかしら。

「先日、俺に聞きたいことがあると言っていただろう。色々とあって忘れてしまっていた。本当に申し訳ない」

　そうだった。自分から言い出したことなのにすっかり忘れていたわ。

「とんでもないことでございます。お伝えした通り、誰かに聞かれては困りますし、筆談でもよろしいですか？」

「かまわない」

　私はロニナからペンと紙を受け取ると、質問を書いて向かい側にいるフェイク様に差し出した。質問を見た彼は苦笑する。

「どうしてそう思うんだ？」

「その可能性が高いと思った、それくらいしか理由は思いつきません」

私が紙に書いたのは『フェイクなのは、現在の皇帝陛下なのではないでしょうか』だった。フェイク様は意味ありげな笑みを浮かべたあと、『母から聞いた話だ』と前置きしてから、私の質問に同じく筆談で答えてくれた。

私が思っていた以上に複雑ではあったけれど、考え方は間違っていなかった。

やはり、子供の取りかえは行われており、世間に流されている情報と事実は異なっていた。実際に亡くなっていたのは、本当の長男だった。

長男は体が弱いとされていてベッドから起き上がることもできず、成長もかなり遅れていたそうだ。

その当時は、城内で陰口を叩かれても、ただ我が子が生きていてくれれば良いと皇妃様は願っていた。

そうしているうちに皇妃様はふたり目を妊娠した。

でもひとり目の成長を見た周りの人たちは、皇妃様にもう子供はできないだろうと決めつけて、陛下に側妃を作らせ、子供を作ることを強く望んだ。陛下もそれを受け入れていた。

その結果、側妃と皇妃様は同時期に子供を生んだ。そして、少ししてから起こったのが、フェイク様の実の兄である長男の死だった。

フェイク様のお兄様の世話をしていたメイドたちは、ある日、側妃に呼ばれて少しの間だけ部屋から離れることになった。

その時は、側妃のメイドがお兄様を見ていてくれることになったことや、側妃からの命令を断ることができなかったため移動した。戻ってきた時には、お兄様の体調は悪くなっており、そのまま亡くなってしまったということだった。

側妃のメイドたちが疑われたけれど、証拠もなく、側妃はそのメイドたちを庇った。

側妃の言葉を信じられなかった皇妃様は、側妃にこんな提案をした。

『次期皇帝になることを嫌う何者かのせいであの子は殺されたのだと思う。これ以上、自分の子供を失いたくない。だから、あなたと私の子を取りかえませんか』

普通の母親なら断ると思う。でも、側妃はふたつ返事でその提案を受け入れた。

皇妃様はどんな形であれ、自分の息子が元気に成長することを望み、側妃は自分の息子が皇帝になることを望んだ。周りの人たちには口止めをして、この交換は行われた。

長男の死ではなく、側妃の子供が亡くなったということにした理由は、どうしても自分の子を皇帝にしたいという側妃の願いだった。

長男が皇帝になることが確実と言われていた時代だったので、皇帝の座を確実なものにするためだった。

こんな話を聞くと、フェイク様のお兄様が殺されたことは明らかだし、犯人だってすぐにわかる。

公にしなかったのは、証拠がなかったこともあるけれど、皇太子じゃなければ、自分の息子の命は守られると思ったんでしょう。

亡くなった長男とパクト様には年齢差がある。そのため、個人差が出てきて年齢がはっきりとわかりにくくなるまでは、パクト様もフェイク様も公の場には出ないように徹底され、このことは一部の関係者しか知らないそうだ。

「いつかはそのことを公に発表するおつもりなのですか?」

「……必要なら、そうだな。亡き人の気持ちを汲めないのが辛いが、そうするしかないと思っている。でも、できればしたくない」

亡き人というのは、先代の皇妃のことを言っているのだと思う。

「だから、兄上が皇帝を続けていられないような証拠を掴む。そうすれば、真実を明かすことなく、俺は弟のままでいられる」

フェイク様は俯いたあと、すぐに顔を上げて自嘲する。

「勝手な言い分だよな」

「いいえ。亡き人の思いを大事にすることは悪いことではありません」

フェイク様は長い間、我慢してこられたみたいだけど、私はすでに限界だわ。たとえ平民になったとしても、皇帝陛下を糾弾し皇帝の座から引きずり下ろす。

側妃としてのんびり暮らすなんて、そんな甘い考えは捨てなければならない。

＊＊＊＊＊

次の日にはジーナリア様の体調が落ち着いたこともあり、別宮に戻ってきた。特に仲が良いわけではなかった側妃たちだったけど、みんなで再会を喜び合った。

そして、皇帝陛下が必死に彼女とコンタクトを取ろうとしてきたので、ジーナリア様以外の側妃全員が結託してジーナリア様を守った。

「……どうしてわたくしを助けてくれるんですのぉ？」

改めて話が聞きたくて、彼女の部屋に向かうと入室が許された。突然の訪問を詫びると、ピンク色の寝巻き姿のジーナリア様は不思議そうな顔で尋ねてきた。

「共通の敵ができたら結託するものですわ」

「……そんなものですかぁ？」

「そんなものですわ。ですから、ジーナリア様は、今回の件以外では私のことを信用しないでくださいね」

私は別に性格が良いわけではない。だから、過去にされた嫌なことを簡単に水に流す人間ではないし、許せないのなら許さなくても良いと思っている。

ジーナリア様が私にしたことは過失ならまだしも、故意にしたことですからね。

「……わかりましたわぁ。あなたとライバルであることは変わりありませんからぁ」

何を言っているのか、一瞬わからなかった。

でもすぐにフェイク様のことを言っているのだとわかり、小さく首を縦に振ってから本題に移る。

「ジーナリア様、嫌なことを思い出させて申し訳ないのですが、皇帝陛下と何があったのか教えていただけませんか。侍女から聞いてはいますが、あなたの口から直接聞きたいのです」

「わかりましたわぁ」

ジーナリア様は覚悟を決めたのか、大きく頷いて話し始めた。

その後、ジーナリア様が話してくれた内容は、フェイク様が調べてくれたことと、彼女の心情以外は違っている点はなかった。あの日、嘘をついたことを素直に謝りに行くと、部屋の中に連れ込まれ、あんな酷い目に遭わされたのだと言う。

自業自得だと言う人もいるでしょうし、罰を与えられたことはしょうがないことだと、私も思う。

でも法に則るべきだわ。

皇帝陛下は法律違反をしている。普通ならば目を瞑(つぶ)れと言われるところでしょうけれど、今回は逃さない。そう心に決め、ジーナリア様には嘘をついたことに対する罰は覚悟しておくように伝えた。

「皇帝陛下に嘘をついたんですもの。処刑される可能性も覚悟しておりますわぁ」

さすがに処刑だなんてなったら、擁護するつもりではいる。国家が転覆するような嘘をついたわけではないし、私にしてみれば子供みたいな嘘だ。処刑までは求めていない。

そのことを伝えると、ジーナリア様は安堵の表情を見せた。

「あまり長居をすると、お体に障るでしょうから、今日はこの辺でやめておきますわね」

「大丈夫ですわぁ。あなたに伝えておきたいことがあるんですのぉ」

「何でしょうか」

「陛下に気づかれないように確認していただきたい場所があるんですぅ」

「何を確認するのでしょうか」

「実は……」

ジーナリア様が話をしてくれたのは、彼女が皇帝陛下の部屋に監禁されていたことを示す確実な証拠がある場所だった。

フェイク様と一緒に証拠を集めている間に、色々と動きがあった。証拠が揃っていく中で一番大きな出来事といえば、皇帝陛下からシロをプレゼントされたことだ。

自分で飼い始めたのに用がなくなったからと言って、私にシロを譲渡してくる皇帝陛下の神経に苛立ちを覚えた。

でも、腕の中のシロが尻尾を振ってくれたので、この時は我慢して私がめいっぱいシロを可愛がることに決めた。シロは皇帝陛下の部屋だけでなく、違う場所にシロにとっての宝物を隠していた。そのひとつをくわえて歩いているところをメイドたちが見つけて、私たちの所に持ってきてくれた。

そして、証拠集めが整った三日後、私とフェイク様は皇帝陛下との謁見を認められ、宮殿へと向かった。

謁見の間に集まっていたのは皇帝陛下にジュリエッタ、彼の周りを取り巻く重鎮たちだった。

「一体、何だと言うんだ」

玉座に座る皇帝陛下は不服そうな顔をして言うと、足を組んで私を見下ろした。

「ジーナリア様の件でお話ししたいことがございます」

「……ジーナリアの話だけなのに、こんなに人を集める必要があるのか？」

「はい。皇帝陛下の退任を求める話に繋がりますので」

はっきり答えると、皇帝陛下は眉根を寄せる。

「セリーナ、お前は自分が何を言っているのかわかっているのか」

「もちろんでございます」

「なら、その発言が不敬罪に当たり、罰を受けるということも理解しているんだな⁉」

「私がこれから話す内容が間違っていましたら、罰を受けましょう。ですが、間違っていなかった場合は不敬罪には該当いたしません」

「……オレが話を聞かなければどうなるんだ」

「後ろ暗いところがあると、暗におっしゃっているのだと、多くの貴族が思うことでしょう」

皇帝陛下は唇を噛んで私を睨みつけはしたものの、何も言わずに口を閉ざした。

話を聞いてくれるということだと判断し、私は話し始める。

「ジーナリア様が何者かの手によって地下牢に監禁されていましたが、彼女の証言から、その人物が皇帝陛下だということがわかりました」

「オレではない」

「とにかく話を聞いていただけますでしょうか」

「……聞いていられないわよ！」

皇帝陛下の後ろに置かれた椅子に座って、大人しくしていたジュリエッタが叫んで立ち上がると、皇帝陛下に向かって叫ぶ。

「寝室に呼んでくださらなくなったのは、やっぱり浮気していたからなんですね！」

相変わらずジュリエッタは人とは違った受け取り方をしてくれるわね。こんな反応をするとは思っていなかったわ。

「……う、浮気？」

　こんな風に責められると思っていなかったのか、皇帝陛下はぽかんと口を開ける。私の隣に立つフェイク様に目を向けると、予想外の出来事だったからか、呆れ返ったような顔をしていた。我に返った皇帝陛下が困惑した表情でジュリエッタに尋ねる。

「う、浮気とはどういうことだ？」

「そのままの意味です。……ということで、慰謝料を請求させていただきます！」

「……は？　慰謝料？」

「浮気が原因でわたしを捨てようとしているのでしょう？　なら、こっちから捨ててやります！　ですが、円満に別れるにはお金が必要です！」

　予想外の展開に、私とフェイク様は思わず顔を見合わせた。

　まさか、ジュリエッタがこんなことを言い出すだなんて予想もしていなかった。それは皇帝陛下も同じようで、困惑した様子で聞き返す。

「捨ててやるだと？　しかも、慰謝料だって？」

「そうです。浮気した相手から慰謝料を取れると聞いています。皇帝陛下はわたしに慰謝料を払うべきです」

「……ジュリエッタ、お前は本当に馬鹿だな」

　皇帝陛下は大きなため息を吐いて続ける。

「側妃と会うことは浮気にはならない」

「……ですが、正妃はわたしです。わたしよりも側妃を優先したのですから浮気ととらえてもおかしくはないはずです。パクト様は正妃であるわたしを一番大事にしなければならないんですから」

　ジュリエッタははっきりとした口調で言った。

　ジュリエッタがそう言いたくなる感情論はわからないでもないけど、それを浮気だというのは、今回の場合は違うのよね。

　皇帝陛下は苛立っているのか、こめかみを押さえたあとジュリエッタに告げる。

「そこまで言うなら、オレはお前に迷惑料を請求するぞ」

「……どういうことですか？」

「ジュリエッタのせいで仕事が滞ることがあった。そのせいでオレのプライベートの時間が減ったんだ」

「そ、それは、パクト様が仕事ができないだけじゃないですか！　わたしを言い訳に使わないでくださいませ」

「なんだって!?　オレは優秀なんだぞ！」

　くだらない言い合いが始まってしまったので、フェイク様に尋ねる。

「どうしましょうか。止めたほうが良いですわよね」

「……そうだな。兄上を捕まえてしまえば、どうでも良くなる話だからな」

フェイク様の言葉に無言で頷いてから、喧嘩をしているふたりに話しかける。

「皇帝陛下、申し訳ございませんが、そのお話は後程時間を設けますので、その時に話し合っていただけませんか」

「……大事な話をしているんだ。後回しにはできない」

「ですが、ここに来ていただいたのはそんな話をするためではございません」

冷たく答えると、皇帝陛下は不服そうな顔をしながらも口を閉ざす。同意を求めるためにジュリエッタに目を向けると、彼女は勢いよく私から顔を背けた。

「では、話を元に戻しますが、皇帝陛下がジーナリア様の失踪事件に関与していたと、私どもは確信しています」

「……ジーナリアがそう言っているからか？　あいつは嘘つきなんだぞ！　それは、セリーナ、お前だってよくわかっているはずだ！」

「そうですわね。嘘つきであることは確かですわ。ですから、ジーナリア様はお咎め無しとはならないかと思います」

「……なら、オレは関係ないだろう。嘘つきを裁けば良い」

「ジーナリア様の失踪の件で、彼女が嘘をついているとは思っておりません。ところで皇帝陛下、ジーナリア様が嘘をついたから、彼女を監禁したと認めはするのですね？」

「違う！」

　皇帝陛下はすごい剣幕で叫ぶ。

「オレは悪いことは何もしていない！　オレだってジーナリアを捜していたんだぞ！」

「そんな素振りはなかったと、あなたの側近が証言しています」

「オレの言葉よりも側近の言葉を信じると言うのか？」

「側近の言葉だけではありません。ジーナリア様の証言もそうですし、あなたがシロの食事として部屋や地下牢に食べ物を運ばせていたこと、部屋の掃除をさせなくなったことなど、状況証拠もあります」

　冷たい声で答えると、皇帝陛下は首を横に振る。

「認めない！　認めないぞ！」

　認めなければ、罪に問われないと思っているのね。残念ながら、あなたがそう言うだろうと、こちらも予想できているのよ。

「では、物的証拠を見せましょう」

　フェイク様が一歩前に出て言うと、皇帝陛下は苦々しい表情になった。

　ジーナリア様が見つかったあの日、フェイク様は皇帝陛下がジュリエッタと部屋に戻る前に、通じている陛下の側近に室内を調べさせていた。

　一部の証拠は念のために持ち帰り、怪しまれないよう多くのものを部屋に置いておくと、シロがいない間に、皇帝陛下は自らの手で証拠品を処分したようだった。

「あなたの部屋で飼っているシロは、ジーナリア妃に懐いていたようですね」

「そ、そうだったのか？　オレは何も知らない」

皇帝陛下は、フェイク様の質問に、ぼろが出ないように当たり障りのない答えを返してきた。

「確認しますが、兄上はシロを可愛がっているのですよね？」

「当たり前だろう。オレは犬が好きだ。可愛いし癒やされる。それに、人間みたいに裏をかいたりしないからな」

「そうですよね。なら、余計におかしいと思うことがあるのですが」

「な、なんだって言うんだ」

フェイク様の反応に不安を覚えたのか、皇帝陛下は焦った声で尋ねた。

「シロがジーナリア妃の私物を大切に持っていたんですよ。俺がそのことに気づくくらいですから、シロを可愛がっている兄上なら、そのことに気づかないのはおかしいような気がするのですが、どう思われますか」

「し、知らない。あいつは城内を好き勝手動き回っているから、どこかで拾ったんだろう」

「メイドたちの証言では、ジーナリア妃が行方不明になるまでは、シロはあなたの部屋から出ていなかったと言っていましたが」

「記憶違いだ！　いや、お前が嘘の証言をさせたんじゃないのか⁉　お前はそんな嘘をついてオレを貶めようとしているんだろう！」

皇帝陛下は声を荒らげて否定した。

ここまで動揺していると、逆に怪しいようにしか見えないわ。だけど、シロがジーナリア様の私物を大事に持っていたというくらいでは、皇帝陛下は罪を認める気にはならないようだった。まあ、それだけなら私が同じ立場でも否定するでしょう。

物的証拠を認めてもらえないのであれば、証拠はない。

……はずなのだけど、そうではなかった。

狡猾さは皇帝陛下よりもフェイク様のほうが上だったし、ジーナリア様の助かりたいという意思も本当に強かった。

「どうして移動しなければならないんだ」

「証拠を見せるという話になったからです」

「証拠がオレの部屋にあると言うのか」

「そういうことです」

フェイク様が頷くと、皇帝陛下はフェイク様の言いなりになることが嫌なのか、渋々といった様子で了承し、私たちは謁見の間から移動することになった。

以前来た時とあまり変わりはなかったけれど、シロの犬小屋がなくなった分、すっきりしているようにも思える。

皇帝陛下は余裕の笑みを浮かべているから、絶対に証拠なんてないと思っているのでしょう。

メイドに部屋を掃除させたみたいだけど、目に見える部分だけでそれ以外は何もされていない状態だ。自分で片付けたのだから、掃除しきれていない可能性があるなんてことは思わないらしい。

楽観的な思考というのはある意味、羨ましいものだわ。そこまで気楽に生きられるのなら、心配事がなくて人生が楽しいでしょうね。

「証拠があるというのなら証明してみせろ！　あるわけがないがな！」

皇帝陛下は部屋の中に私とフェイク様を招き入れると、自信満々といった様子で叫んだ。

「好きな場所を見ていっても良いですね？」

「かまわない」

フェイク様が尋ねると、皇帝陛下は不敵な笑みを浮かべて頷く。

絶対に見つからない。そんな自信に満ち溢れていた。

でも、残念でした。あなたは詰めが甘いんです。

まだ決定的証拠が残っていることを、側近に確認してもらっているんですよ。

フェイク様は部屋の中を見回したあと、何かに気がついたかのように、ウォークインクローゼットのほうに歩いていく。

そこはジーナリア様を監禁していた場所だ。さすがに皇帝陛下の表情から笑みが消えた。

「どうかされましたか？」

「いや、な、なんでもない」

皇帝陛下に尋ねると、明らかに頬をひきつらせた様子で答えた。

「顔色がよくありませんわ。何か見られてはならないものでもありまして？」

「うるさい。放っておいてくれ。そ、そうだ。フェイクが馬鹿なことをしないように見張らねば」

私が話しかけると皇帝陛下はそう答え、慌ててウォークインクローゼットの中に入っていった。少しすると、フェイク様の声が聞こえてきた。

「兄上、これは一体、どういうことですか」

その場で待っていられなくなって様子を見に行く。ウォークインクローゼットの中には、服や靴が所狭しと置かれていた。そんな空間の中に、まるで置いてあったものが押しのけられたかのように、一部だけ白い壁が見えている部分があった。

そして、その壁には何者かの助けを求める声が血文字として残されていた。よく見てみると、壁には『わたくし、ジーナリアはここに監禁されていた。監禁していたのは皇帝陛下である』と書かれていた。

このことについては、先日、ジーナリア様本人から話を聞いていた。最初は壁を爪で掘ろうとしたらしく、爪が剝がれてしまったらしい。その時についた傷から流れた血で文字を書いたらしく、右手の人差し指は今でも痛々しい状態だった。

この血文字は彼女から話を聞いたあと、時が来るまで皇帝陛下に気づかれないように側近に頼んで隠してもらっていた。

この光景を見た皇帝陛下は、少しの間だけ動きを止めていたが、我に返って訴える。

「オレは何も知らない！　これはイタズラに決まっている！」

「誰がこんなイタズラをすると言うのです？」

フェイク様が冷たく尋ねると、皇帝陛下はフェイク様を指差した。

「お前しかいないだろう！　オレが見ていない間に、こんな気味の悪いものを書いたんじゃないのか⁉」

「いいえ。俺にそんなことをする時間はありません。それに、部屋の前には見張りがいます。兄上の許可なくこの部屋に出入りすることはできないはずですが？」

「そ、それはそうかもしれないが」

ジーナリア様からこの話を聞いた皇帝陛下の側近は気づかれないように、わざとこの壁の前に荷物を積んだと言っていた。皇帝陛下はそんなことを知らないから、物を動かしてまで確認しようとは思っていなかったんでしょうね。

私たちの動きが気になって、自分の側近の動きまで把握していなかったことは助かった。

皇帝陛下は焦った顔であたりを見回し、そして、私の憐れみの視線に気がつくと、今度は私を指差した。

「セリーナ、悪いのはお前だな！」

「はい？」

「お前が全て仕組んだんだろう！　フェイク！　騙されるな！　全てこいつが悪いんだ！」

　悪あがきにも程があるわ。そんな話を誰が信じると言うの。

　唾を飛び散らせながら叫ぶ皇帝陛下に尋ねる。

「皇帝陛下は何を言いたいのでしょうか。意味がわかりませんわ。恐縮ですが、私に理解できるように説明していただけませんか」

「お前はオレが嫌いだから、オレを罠にはめて皇帝の座から引きずり下ろしたいんだろう⁉　だからオレが気づかないうちにジーナリアを監禁したんだ！」

　説明されてもやっぱり意味がわからない。

「確認したいのですが、私が皇帝陛下のプライベートルームにジーナリア様を監禁したとおっしゃりたいのですか？」

「ち、違う！　地下牢の話をしているんだ。地下牢でジーナリアを見つけたのも、お前が隠していたから、見つけたように見せかけたのだろう！」

　血文字の件の言い訳はすぐには考えつかないのか、皇帝陛下は地下牢の件に話をすり替えてきた。

「地下牢でジーナリア様を見つけたのは偶然ですわ。シロがいると思ったからです。それを言い始めれば、わざわざ地下牢にシロの食事を持っていかせるほうが怪しいと思いますが？」

「兄上、俺もセリーナ妃の意見に賛成です。どう考えても怪しいのは兄上です。大体、セリーナ妃がどうやって兄上の部屋に忍び込んだというのです？　ここに来ない限り、壁にこんなものは書けないでしょう」

「誰かに頼んだんだろう」

吐き捨てるように言った皇帝陛下を見て、フェイク様は苦笑する。

「誰かに頼んだとしても、兵士が気づくでしょう」

「兵士がオレを裏切ったのかもしれない」

「兄上は簡単に裏切るような人間を見張りに付けていたのですか」

「そんなわけがないだろう！」

「では、セリーナ妃はあなたの部屋に忍び込むことはできませんね」

フェイク様に睨みつけられた皇帝陛下は、返す言葉が見つからないのか睨み返すだけだ。

しばしの沈黙のあと、私が口火を切る。

「皇帝陛下、あなたにも皇帝としてのプライドというものがおありでしょう。それなら、潔く罪を認めてくださいませ」

「……わかった。認めよう」

思った以上に呆気なく罪を認めたので、驚きで声をあげそうになった時、皇帝陛下はありえない言葉を口にする。

「罪を認めて反省する。……反省するから、見逃してくれないか？」

「「は？」」

私とフェイク様の声が見事に揃った。

い、今、この人は何と言ったの？

呆気にとられていると、先に我に返ったフェイク様が尋ねる。

「兄上、あなたは一体、何を言っているのですか？」

「そのままの意味だ。このまま素直に罪を認めたら、オレは処分されてしまうのだろう？」

「……そうですね。皇帝のままではいられないでしょう」

「それは嫌だと言っているんだ！　オレは皇帝なんだ。少しくらい悪いことをしたって許されるだろう！　お前らが目を瞑ってくれれば良いだけの話だ！」

「皇帝陛下、何をおっしゃっておられるのですか？　皇帝だからこそ、国民の手本になるような動きをしなければならないのです」

子供しか言わないようなことを言うので窘めると、皇帝陛下は私を睨みつける。

「ふざけたことを言うな！　皇帝だからこそ好き勝手できるんだろう！　国民に知られることが厄介だというのであれば、なおさらオレの罪をもみ消すべきだ」

開き直るなんて思っていなかったわ。

呆れてものが言えなくなっていると、皇帝陛下は勝ち誇った笑みを浮かべる。

「約束通りに罪は認めた。だから、この壁の件は見なかったことにしろ。ジーナリアの失踪のことも忘れろ！　そうしてくれれば、お前たちには不自由のない生活をさせてやる」

「そんなことを言われましても、魅力的だとは思いません」

「俺も同意見です」

私たちに冷たくあしらわれた皇帝陛下は声を荒らげて訴える。

「お前たちは本当に馬鹿だな！　オレが罪を犯していたなんて知ったら、国民たちはショックを受けるぞ！　他国にだって示しがつかない！　わかるだろう！　一番賢い方法は、お前たちが何も言わないことなんだ！」

「開き直るにも程がありますわ。そこまでわかっているのであれば、どうしてあんな馬鹿なことをしたのですか。あなたにとって馬鹿な私でさえ、そんなことをすれば自分の立場が悪くなるということくらいわかります」

「オレを馬鹿にするな！」

「馬鹿にしているように聞こえたのであれば申し訳ございません。ですが、考えればわかることです」

きっぱりと答えると、皇帝陛下はフェイク様に尋ねる。

「……フェイク、お前、まさか、オレの代わりに皇帝になろうとしているのか⁉」

「いいえ。兄上が皇帝の座を退いた時には、兄上を止められなかった責任を取って、皇位の継承を辞退します」

「何だと⁉」

「兄上が皇位についた時点で、この家系は終わりだったんですよ。次の皇帝は違う家に任せましょう」

「いい、い、嫌だ！　オレは皇帝なんだ！　それ以外の何者でもない！」

皇帝陛下は何度も首を横に振ったあと、急に笑顔になって叫ぶ。

「あ、ああ、そうだ。フェイク！　セリーナ！　発言を撤回しなければ、オレに無礼を働いた罪でお前らを処刑してやる！」

本当にこの人は救いようのない人ね。皇帝なら何を言っても許されるのだと、まだ思い込んでいるみたい。

「残念ですが兄上、あなたの願いは叶いません」

「な、何だと？」

「あなたがどんなに俺たちの処刑を願っても、その前にあなたを皇帝の座から引きずり下ろすからです」

フェイク様が微笑むと「それなら今すぐに決めてやる！」と叫び、皇帝陛下は部屋から出ていった。

「簡単に罪を認めるとも思っていなかったが、まさか、あんなことを言い出すとはな」

「皇帝だから何でもできると思っているのでしょう」

皇帝陛下のプライベートルームに残された私たちは、顔を見合わせたあと、大きなため息を吐いた。

その後、謁見の間に戻った皇帝陛下は不敬を理由に私たちを処刑すると、重鎮たちの前で言い放ったそうだ。

でも、彼がもう終わりだということはみんながわかっていたので「とりあえず、会議にかけます」とあしらわれただけだった。

その間にも、ジーナリア様への聞き取り調査なども進み、皇帝陛下が彼女を監禁したという証拠は集められていった。

なんだかんだと言ってあの人は皇帝陛下だから、そう簡単に裁くことができず、現在は査問会議の日程を決めているところだった。

そんなこともあって皇帝陛下を裁くよりも先に、サディールのほうに動きがあった。

サディールは皇帝陛下に付いていたら、自分の立場が悪くなるだけだと感じ取り、部下を連れて逃げようとした。でも、彼に付いていこうという者はいなかった。

昔は凄腕だったといっても、今では体力の衰えもあり、自分ひとりで動くことは難しい。そのことをわかっていたはずなのに、彼は夜中にひとりで逃げ出した。

そして、数日後には、何者かの手によって彼は物言わぬ姿となって、近くの川辺に捨てられていた。彼が昔やっていたような暗殺者は時には必要悪だと言われる時もある。

でも、彼の場合は必要以上に無関係な人を殺しすぎて、多くの恨みを買ったのだ。

何の罪もない家族を殺された人が彼に恨みを持ち、仇を討つことは、この国の法律では禁止されていない。だから、サディールの件は誰が彼を殺したかは、捜査権のある皇宮騎士団も本腰を入れて調べるつもりはないようだった。

「サディールの件は自業自得だわ。そう思うでしょう？」

ある日の昼下がり、すっかり私に懐いてしまったイエーヌ様は、入室を許可するなり私に同意を求めてきた。

公爵令嬢が挨拶もしないなんて！　マナーを教えてもらえっていないのかしら。

「イエーヌ様、ごきげんよう」

「ご、ごきげんよう！」

私の圧を感じたのか、イエーヌ様は裏声で挨拶を返した。

「挨拶は大事ですわよ」

「それはそうよね。ごめんなさい」

素直に謝れるようになったイエーヌ様を心の中で、よくできましたと褒めてから尋ねる。

「で、サディールの件がどうしました？」

「そう！　サディールが殺されたでしょう？　それについてどう思う？」

どう思うと言われてもコメントしにくいわね。

私は少し考えてから答える。

「そうですわね。悪いことをしてはいけないということですわ」

「あなたは呑気そうで本当に羨ましいわ！　あなただって知っているんでしょう？　皇帝陛下の立場が危ないということを！」

「知っていますわ」

「なら、わたしたちの立場だって危ないということだってわかるでしょう!?」

「皇帝陛下が罰される件で、側妃には何の罪もないということは、みなさんわかっておられますわよ」

ロニナにお茶を淹れるように頼んでからソファに腰掛けると、イエーヌ様は大人しく向かい側に座って反論する。

「でも、ここにはいられなくなるわ」

「イエーヌ様は実家に戻りたくないのですか？」

「そういうわけじゃないけど、ここでの暮らしは居心地が良いのよ。ほとんど何もしなくて良いというのは魅力的だしね」

「私もそう思って側妃になった時は喜んだものです」

苦笑しながら頷いた時だった。

扉がノックされたので返事をすると、今までまったく仕事をしてくれていなかった私の侍女、ミルエットの声が返ってくる。

「ジュリエッタ様がお見えになっています」

「何の用かしら」

「それは直接会って話すとおっしゃっています。どういたしましょうか」

皇帝陛下の立場が危ういとわかってからのミルエットの態度は一変し、気持ち悪いくらいに私に媚びへつらうようになった。

「今、イエーヌ様が来ていることは知っているでしょう？　どうしても話したいなら待ってもらってちょうだい」

「承知いたしました」

ミルエットは不満を言うこともなく、部屋から離れていった。

私は子供をあやす係でもなんでもないのに、どうして、イエーヌ様やジュリエッタのような、精神年齢の低い人ばかりが集まってくるのかしら。

小さなため息を吐くと、イエーヌ様が眉根を寄せる。

「わたしは帰ったほうが良いのかしら」

「いいえ。先に来てくださったのはイエーヌ様です。お話がまだあるようでしたら、どうぞ続けてください」

ジュリエッタの相手をするよりも、イエーヌ様の相手をするほうが楽だ。そう思い、また機嫌よく話し始めたイエーヌ様に集中することにした。雑談を交えつつ言いたいことを話し終えて満足したイエーヌ様が帰ったあと、素直に待ち続けていたジュリエッタを部屋に通した。

ジュリエッタは入ってくるなり、ロニナに外で待つように言い、私とふたりきりになったところで叫ぶ。

「パクト様はもう終わりだわ！　どうしてくれるのよ！　お姉様が黙ってくれていれば、幸せに暮らすことができたのに！」

「黙っていれば良かったなんて、自分の身が可愛いからって犯罪に目を瞑るのは嫌なのよ」

それに、ジュリエッタの場合は皇帝陛下が罪に問われなくても、正妃から側妃にされて、彼女の中では納得いかない生活を送っていたと思うのよね。

「ああ、お姉様は本当に馬鹿ね！　あなた、ここにいられなくなったら、どこに帰るって言うの？」

「そうね。あなたには帰る場所があるでしょうけど、私はないものね。実家は受け入れてくれないでしょうし」

「そうよ。あなたは嫁入りした時点で、プレイナス家から追い出されたようなものだもの。それにほら、これ」

ジュリエッタが差し出してきたのは、絶縁状と書かれた白い封筒だった。それをありがたく受け取って微笑む。

「嬉しいプレゼントをありがとう。これで、気持ちがだいぶ楽になるわ」

「何を言っているの？　あなたは側妃じゃなくなったら、平民になるのよ？　気持ちが楽になるなんておかしいじゃない」

「時が来たら、あなたにも私の言葉の意味がわかると思うわ」

絶縁状をテーブルに置いてから、ジュリエッタに手を振る。

「もう用事は終わったわよね？　なら、帰ってくれる？　さよなら、ジュリエッタ。ここを出たあとに、どこかで会うことがあれば良いわね」

「はあ？　どうしてショックを受けていないのよ⁉　おかしいじゃない！」

「ショックを受けることじゃないからよ。元気でね、ジュリエッタ」

グイグイと彼女の背中を押して部屋から追い出し、ロニナを中に招き入れる。ジュリエッタはしばらく扉の前で文句を言っていたけれど、諦めて帰っていった。ジュリエッタの姿が見えなくなったのを確認してから、ロニナは改めて部屋に入ってくると苦笑して話しかけてくる。

「とても怒っていらっしゃいましたね」

「私の反応が気に入らなかったみたいよ」

「反応ですか？」

「ええ。もっとショックを受けると思ったみたい」

微笑んで答えると、ロニナはテーブルの上に置かれていた絶縁状と書かれた封筒を見て驚く。

「こ、これは一体、どういうことなのですか!?」

「両親から絶縁されたの。ここから出ることになったら、普通の人は実家に帰るけれど、私は実家には帰れないというわけ」

「そ、そんな！　何も悪いことをしていない子供に、親がするようなことではありません！」

「普通の親ではないのよ。そして、私も普通の子供でもないの」

「……どういうことですか？」

不思議そうにするロニナに、今まで屋敷の人間以外には話していなかったことを話す。

「私のお父様は仕事ができない人なの。だから、執事や側近がメインで仕事をしてくれていて、私の家は家臣に支えられていたってわけ。私に物事の判断ができるようになり始めた頃から、自分たちだけで判断することは良くないと家臣たちは私に相談をしてくれていたの。だけど、私がいなくなってからは、お父様に確認するようになったのよ」

「……ということは」

「そう。近い将来、私の実家は破産するわ。泥舟に乗りたくないの。だから、縁を切ってもらえて良かったというわけ」

「で、ですが、ここにいられなくなったら、セリーナ様はどうされるのですか？」

「そうなのよね。だから、今は行き先を考えているところよ」

皇帝陛下のことで時間がかかるのは、私にとっては都合が良かった。かといって、いつまでもこのままではいられない。

そう思っていた時、フェイク様から、話したいことがあると言われティールームで話をすることになった。お互いの近況を話し、話題が途切れたところでフェイク様が尋ねてくる。

「兄が失脚したら、俺はここを出るつもりだ。君はこれからどうするつもりなんだ？」

「私の場合は離婚してから、ここを離れることになるでしょうね」

「そのあとはどうするつもりなんだ？」

「そのことについては考えているところなのですが……」

問題は戻る場所がないということだ。平民として暮らしていくことになったら、ロニナが助けてくれると言っているけれど、彼女に頼るのも申し訳ない。間違ったことをしたとは思っていないけれど、私のやったことはロニナを失職させてしまうことになるんだもの。

返答に困った私は、フェイク様に尋ね返す。

「フェイク様は、ここを出たあとのことはもう考えていらっしゃるのですよね」

「ああ。俺は皇位を継がないから、公爵の爵位をもらうことになっている」

「そうなのですね」

「公爵になったら別宮にもいられないし、領地を管理するために与えられた領地に移動することになっている」

フェイク様にとって皇宮に良い思い出なんてそうないのでしょう。出ていきたくなる気持ちはわかるわ。

「フェイク様の人生はこれからということですわね。そうなった時には、もうお会いできなくなると思うと寂しいですが、フェイク様のご活躍を遠くからお祈りいたしますわ」

今までは我慢してきたことも多いでしょう。公爵になって彼のやりたいと思うことがやれるようになれれば良いと思った。

「それでなんだが……」

「どうかされましたか？」

フェイク様の表情が重くなったような気がして、彼の顔を覗き込むと、焦った顔になって後ずさった。

「驚かせてしまったようで申し訳ございません」

「いや、そういうわけじゃない。その、君に伝えても良いものかと思って」

言いにくそうにしているフェイク様を見るのは初めてなので、よっぽどのことなのかと思って促してみる。

「私に伝えたいこととは、どんなことなのでしょうか」

「その、い、一緒に……もらうことは、できないだろうか」

「はい？」

フェイク様の声が小さくて聞き取りづらかったので聞き返すと、床に目を向けていたフェイク様が顔を上げる。

「公爵の爵位を授かった時に、安心して仕事を任せられる人材を探しているんだ。で、君が良かったら俺の側近のひとりになってくれないか？」

「わ、私がですか？」

「ああ。衣食住も保証するし、給金の額も君の希望を聞こう」

「そう言っていただけるのはとてもありがたいのですが、私がお役に立てるかどうか心配なのですけど」

「やってみないとわからないだろ？」

「そうでしょうか」

「どんなに突拍子のないことを言われても、君は投げ出さずに挑戦してきただろう」

そんな無茶なことを言われた覚えはないんだけど……。

不思議に思っていると、フェイク様は苦笑する。

「正妃の食事を作る側妃なんて今までに聞いたこともない。貴族の令嬢だってそういないんじゃないか」

「そ、それはそうですわね」

あれは毒見役になるくらいならと思ってやってみたことだけど、実践してみると案外楽しかったし、そのおかげでメイドたちとも仲良くなれた。確実に無理だということ以外は、何もしないうちに諦めてはいけないってことよね。それに、フェイク様のお話は、私にとってはかなり好条件の話だわ。行く当てのない私が断るには惜しい案件だ。かといって、お言葉に甘えて良いのか迷っていると、フェイク様は微笑む。

「俺は君だからできたことだと思っている」

「あ、ありがとうございます」

柔らかな笑顔で言われたこともあり、なんだか照れくさくなって、フェイク様から視線を逸らした。

「すぐに返事をしろとは言わない。ただ、前向きに考えてくれれば嬉しい」

「承知いたしました」

すぐに答えが出せなかったのは、フェイク様の厚意をすんなり受け入れて良いのか迷ったからだ。五日ほど悩んだ結果、断っても私に行く場所はないのだからと、フェイク様からの提案を受け入れることに決めた。

そのことを伝えに行くと、フェイク様はとても喜んでくれた。

「ありがとう。すごく嬉しいよ」

「こちらこそ素敵なお話をいただき、本当にありがとうございます。あの、このお話を受けるに当たって、一つお願いしたいことがあるのですがよろしいでしょうか」

「どうした？」

「ロニナを私のメイドとして雇っていただけないでしょうか」

「君といつも一緒にいる明るいメイドだよな。君たちが希望するなら一緒に来てもらおうと思っていた。他にも希望するメイドがいるならば一緒に連れてくるといい。失礼な言い方に聞こえるかもしれないが、こちらの手間も省けるからな」

公爵の爵位を授かるということは、新たな土地に移り住むということだ。使用人を一から探すよりも知っている人間を連れて行ったほうが早いものね。

「これからもよろしく頼む」

「こちらこそよろしくお願いいたします」

私たちは一礼したあと微笑み合ったのだった。


私がフェイク様の提案を受け入れて準備を始めた頃に、皇帝陛下の査問会議が始まった。

「オレは無実だ！　悪いのはフェイクやセリーナだ！」

皇帝陛下は最後までそう言い続けたけれど、そんな言葉を国の重鎮たちが信じるわけがなかった。側妃を監禁し、精神的、肉体的暴力を与えたということで、当たり前のことだが皇位は剥奪された。

その後の彼をどうするかという話になった際、ジーナリア様の母国であるルガシャ王国から、パクト様を引き受けたいという連絡が入ったため、彼はジーナリア様と共にルガシャ王国に行くことが決まった。

パクト様が嫌がるかと思ったが、不服を申し立てることもなく、その日を迎えることとなった。

ジーナリア様たちが別宮を出る日は、まるで旅立ちを祝っているかのように雲ひとつない青空に、心地よい気温で小鳥が気持ち良さそうに木の枝の上で歌っている。

そんな中、見送りに出た私にパクト様はなぜか勝ち誇った笑みを浮かべて言う。

「セリーナ、お前は馬鹿だ。ジーナリアのようにオレを愛すべきだった」

「私があなたを愛することはないですし、あなたがここを去っても後悔することはないでしょう。どうぞ、お元気で」

「どうせ、すぐにまた会うことになるだろうって……、そうだ。お前はもう側妃じゃないから、ここにはいられないんだよな！」

パクト様は大笑いしたあと、私に手を振る。

「お前が不幸になって、オレを手放したことを悔やんでいる頃、オレは幸せな生活を送っているぞ」

どうとでも言ってくださいませ。私が不幸になることよりも、あなたが幸せになることのほうが難しいですから。

口には出さずにパクト様ににっこり笑ってみせると、私の余裕の笑みが気に入らなかったのか、彼は不機嫌そうに眉根を寄せた。

「パクト様、行きましょう」

ジーナリア様はパクト様を急かしたあと、背を向ける前に私を見て微笑んだ。そんな彼女に声をかける。

「ジーナリア様、お元気で」

「セリーナ様もお元気でぇ」

フェイク様のことを諦めたのかどうかはわからないが、ジーナリア様は笑顔のまま挨拶を返してくれた。

ジーナリア様とパクト様を乗せた馬車が見えなくなると、少し離れた場所にいたフェイク様が近寄ってくる。

「兄上の性格はある意味羨ましいな」

「前向きすぎるのもどうかと思いますが、悩み事が少なくて済みそうなので、私も少しは羨ましく思います」

パクト様が皇帝陛下ではなくなった時に、ジーナリア様以外の婚姻関係はなくなり、私以外の妃たちは自国に戻っている。

他の側妃たちには悪いことをしてしまったかもしれないけれど、あんな男性の側妃でいるよりかは、新たな夫を見つけたほうが良いと、私は思っている。

余計なお世話だったかもしれないけど、まあ、良いでしょう！　イエーヌ様以外の人とは特に仲良く話すこともなかったしね。

イエーヌ様は「行く所がないなら、シロと一緒にわたしの家に来ても良くってよ。行く当てのないあなたを見捨てた冷たい人間だなんて噂されては迷惑だもの」なんて愛らしいことを言ってくれた。

その時は、フェイク様の所に厄介になることが決まっていたし、「気持ちだけありがたく受け取っておきます」と答えると、シロの様子を知りたいからと理由をつけて文通することを約束させられた。

ジュリエッタも実家に帰っていて、贅沢三昧をしているらしいけれど、公爵家の財政は火の車らしく、兄からは「セリーナのことだから金を貯めているんだろう。可愛いジュリエッタが困っているんだ。お金をくれよ」と連絡が来たけれど、無視している。

「さて、俺たちも動くとするか」

「そうですね」

見送りを終えたあと、フェイク様と一緒に別宮に向かう馬車に乗った。

パクト様が皇位を退いた時に、フェイク様は皇帝陛下になることを辞退した。それと同時に公爵の爵位を授けられたフェイク様は、これから新たな地に出発することになる。

私とシロ、そしてロニナは、フェイク様が私たちを受け入れる態勢を整えてから、彼の元に向かうことになっていて、それまでは新しい皇帝陛下のご厚意で、別宮での暮らしを続けることになった。

絶縁状を叩きつけられ、平民になった私を側近として雇ってくれるのだから、フェイク様には本当に感謝しかない。新たな地で、上手くいくかどうか不安だけれど、フェイク様たちが一緒ならきっと大丈夫でしょう。心に余裕が持てたら、ジュリエッタを含む家族たちやパクト様がどうなっていくのか、心配だけはしてあげようと思った。

＊＊＊＊＊

私たちが、新しい土地に引っ越してすぐにジーナリア様から手紙が届いた。

パクト様は現在、ジーナリア様のお父様である国王陛下の側近をしているらしい。

良い役職といえば良いのだけど、娘が酷い目に遭わされたのだから、国王陛下がパクト様を信用しているはずがないし優しくするはずもない。

彼を引き受けるという話を、初めて聞いた時は驚きだったけれど、こうするためだったに違いない。

最初は周りを馬鹿にしていたパクト様だったが、ハードスケジュールで体力がもたず、とうとう寝込んでしまったそうだ。しかも、今まで帝国内では公用語を使っていたから問題なかったけれど、ルガシャ王国内部ではルガシャ語が主流のため言葉がわからず、ミスばかりしているらしい。

ある時は、ルガシャ王国の王妃陛下は、パクト様にジーナリア様が彼にやれと言われたことをさせて屈辱を味わわせ、ジーナリア様はそれを笑顔で見守っているそうだ。

彼女の性格が良いとは言えないけど、なんだかんだと強い人でもあるわね。

「どうした？」

昼食時、ジーナリア様からの手紙を思い出して苦笑していると、フェイク様に尋ねられた。

「ジーナリア様も楽しく暮らしているようですし、先日届いたイエーヌ様からの手紙も実家で好き放題しているようでしたので、つい」

「そうか。イエーヌ嬢も幸せにしているのなら良かったな」

「はい。色々とありましたけど、憎むほど嫌っていたわけではありませんから。シロのことも気にしてくれていますし、根は良い人のようですから、これから幸せになってほしいです」

貴族の女性の再婚は一般的には難しいと言われている。結婚が女の幸せというわけではないけれど、イエーヌ様には再婚して素敵な家庭を築いてもらいたいと思う。

イエーヌ様に思いを馳せていると、フェイク様が尋ねてくる。

「……そういえば、さっき、連絡が来たんだが、君も聞いたか？」

「何でしょうか」

「君の実家の財産が差し押さえられた」

苦笑するフェイク様に、私も同じく苦笑して答える。

「遅かれ早かれそうなるとは思っていましたので驚きません」

「君に助けを求めてくるんじゃないか？」

苦笑するフェイク様に微笑んで首を横に振る。

「来ても無駄ですわ。だって、家族じゃありませんから」

「……そうだな。彼らが来ても近づけないように門番に伝えておこう」

「ありがとうございます。といいますか、私の実家からここまではかなり遠いですから、辿り着く前に」

「この世からいなくなるか」

「だと思います」

あの人たちのことだもの。平民にまぎれるなんて無理だわ。良い服を着たまま歩いて、山賊に襲われるという結末が目に見えている。

そうなることがわかっていて知らないふりをするというのは、やはり冷たい人間だと思われてしまうだろうか。

「助けてあげるべきなのでしょうか」

「助ける必要はないが、使いの者を走らせるから助言だけはしてやったらどうだ」

「……そうすれば罪悪感はマシになるかもしれませんわね」

なんと助言するかは、今日眠る前に部屋で考えることにしましょう。

元々考えていた計画とは違うけれど、今の私は幸せだ。

フェイク様の側近として実績を積み、仕事ぶりが評価されれば、私は男爵の爵位をもらえることになっている。その日が来た時に、フェイク様から話したいことがあると言われていた。

何を言われるのか、その内容もなんとなくはわかっている。

のんびりと幸せに暮らす側妃にはなれなかったけれど、のんびりと幸せに暮らす公爵夫人にはなれるだろうか。

私のベッドの横に置かれている、犬用のベッドで幸せそうに眠っているシロを見つめながら、私はそんなことを考えた。

終

書籍限定書き下ろし番外編

フェイク様の側近として働いて一年が過ぎようとしていた頃、私の今までの功績が認められて、男爵の爵位をもらえることになった。爵位をもらった次の日にはフェイク様がパーティーを開いてくれることになり、朝から使用人たちはとても忙しそうだった。

シロも厨房から良い匂いがするので、料理人の足元に行ってずっとお座りして、おこぼれを待っているようだ。普通は動物を厨房には入れないのだけれど、私も含めみんながシロに甘くなってしまっている。

男爵という下位の爵位にもかかわらず、私の話は社交界の間で噂になり、イエーヌ様からもお祝いの手紙と贈り物が贈られてきた。

初めて会った頃は私に噛みついてきただけだったのに、すっかり懐かれてしまった。そのことについて私も嫌な気分になっていないのだから、おかしな関係性だとも思う。彼女が私以外の側妃にしていたことはやってはいけない行為なので、そのことを良しとするつもりはないが、彼女を許す許さないかを決めるのも私ではない。

イエーヌ様が反省しているのであれば、もう、友人と言ってもいいのかもしれないわね。彼女とは色々とあったが今となっては良い思い出だもの。

「セリーナ様、今日のパーティーはフェイク様から贈られたドレスを着るということでよろしいでしょうか」

爵位をもらえることはフェイク様には先に知らされていたので、ドレスを発注してくれていた。私の瞳の色に合わせた赤を基調としたドレスで、白のフリルがあしらわれており、デザインはロニナが選んでくれたらしい。私の知らない間に、フェイク様がロニナに相談していたと聞いた。いただいた時には驚いたけれど、離婚後はドレスを新調することがなかったので、ありがたいし、とても嬉しい。

「そうね。せっかくだもの。いただいたドレスで出席しましょう」

喜んでくれるかしら。

フェイク様がどんな反応をするのか楽しみにしながら、私はロニナや他のメイドたちの手を借りて、着替えを始めることにした。

パーティー会場は公爵家のダンスホールで、ロニナたちも参加しやすいようにとドレスコードのない立食形式になっていた。私へのお祝いということもあり、長方形のテーブルの上に並べられている料理は私の好物ばかりだ。早速、食事をしたいところだが、まずはフェイク様に今日のお礼を言わなければと思った時、向こうから私の所へ来てくれた。

「爵位の授与、本当におめでとう」

「ありがとうございます。フェイク様に雇っていただけたおかげですわ。それにこんな素敵なパーティーまで開いていただき感謝しかありません」

「爵位を授かったのは君の実力だろう」

「そう言っていただけるのはありがたいですが、働く場所がなければ認めてもらうことなどできませんでしたから」

「俺が誘わなくてもイエーヌ嬢が君を雇っていただろうし、君のことだからそこでも実力を発揮できていると思う」

「どうでしょう。雇ってもらえても、イエーヌ様に生意気だと言われてすぐにクビにされていたかもしれません」

苦笑すると、フェイク様は不思議そうな顔をする。

「それはないだろう。イエーヌ嬢は君のことをとても気に入っているようだからな」

「そうなのでしょうか。あまり実感がありませんわ」

私とイエーヌ様が手紙のやり取りをしていることをフェイク様は知っているから、彼にしてみれば、私たちが仲良しに見えるのだろう。

「言うなと言われているんだが」

「なんでしょうか」

「君に爵位を与えてほしいと、イエーヌ嬢も両親を通じて皇帝陛下に頼んでくれていたんだ」

「そうだったのですか？　でも、どうしてイエーヌ様が？」

「今までの君は元貴族であって平民だった。だから、イエーヌ嬢としては付き合いにくい相手でもあったんだ」

多くの貴族は、貴族の家に生まれてきたというだけで、自分が平民よりも偉いと思っている。思っているだけならまだ良いのだが、それを理由に蔑む人が多くいることは確かだ。もしかしたら、イエーヌ様は社交場で私の嫌な噂を聞いたのかもしれない。

陰でこそこそ付き合いを続けるようなタイプではないから、直接、私と付き合わないように言われた可能性もある。

「お礼を言いたいところですが、言うなと言われているのですよね」

「ああ。だから知らないふりをしていてくれ」

「承知いたしました」

口約束でしょうし、知られてはいけないような秘密ではないけれど、イエーヌ様はそういうことを知られたくないタイプですものね。

イエーヌ様には何か理由をつけてプレゼントを贈ろう。

「今日は仕事のことは忘れて楽しんでくれ」

フェイク様はそう言うと、私に背を向けて歩き出そうとしたが、すぐに足を止めた。

「どうかされましたか？」

「言い忘れていたが」

フェイク様は少しだけ頬を赤らめて続ける。

「今日の君は一段と綺麗だよ」

「あ、あ、あ、ありがとうございます！」

一気に体が熱くなり、声が上ずった。仕事の話でもあるのか、側近の元に向かって行くフェイク様の背中を見送っていると、ロニナが笑顔で話しかけてくる。

「セリーナ様、良かったですね！」

「そ、そうね」

動揺する気持ちを落ち着かせて、私が主役のパーティーを楽しむことにした。


パーティーの数日後、イエーヌ様から手紙が届いた。先日の贈り物についてのお礼の手紙を送っていたから、その返事かと思ったがそうではなかった。

イエーヌ様からの手紙には私とフェイク様との関係を心配していると書かれていた。なぜ心配しているのかというと、私とフェイク様の仲が社交場で噂になっていたからだ。

なんでも、私がフェイク様のことを一方的に好きで、彼が他の方と結婚しようとするのを邪魔していることになっているそうだ。フェイク様がパーティーに出席する際にはパートナーとしてご一緒した時もあるから、噂されても文句は言えない。フェイク様に婚約者がいないのは私のせいだと思われていたなんて考えもしなかった！

今のところ、私とフェイク様の関係は主従関係にしか過ぎない……のだけれど、私が男爵の爵位をもらったら話があると、フェイク様から言われていた。

婚約してくれとか言われるのかしら。そうなったら、私はなんと答えたら良いの？　いや、そんなことを考えるなんておこがましいのかしら。話があると呼び出されて、婚約の話かと思っていたら、全然違う話だった！　なんてことになったら、恥ずかしくて死んでしまうかもしれない。

「セリーナ様、どうかされましたか」

ロニナに話しかけられて、自分が食事中だったことを思い出した。ロニナは別宮生活の時から引き続き、私の専属メイドをしてくれている。

「ごめんなさい。ちょっと考え事をしていたの」

「……そうでしたか。料理人がいつもよりも食が進むのが遅いので、お口に合わなかったのかと心配しているのですが、そういうわけではないのですね？」

「そうよ。料理はとても美味しいの。心配させるのは良くないし、今は食事に集中することにするわね」

「ゆっくりで良いとは思いますが、先に料理人に伝えてきますすね！」

心配そうな顔をしていたロニナだったけれど、明るい表情になって部屋を出ていった。いつも自室で食事をしているので、ロニナがいなくなれば必然的にひとりになる。またフェイク様のことを考えそうになったけれど、なんとか気持ちを切り替えて食事を進めた。お腹がいっぱいになって満足していると、食後のお茶を持ってきたロニナが話しかけてくる。

「余計なお世話かもしれませんが、セリーナ様が悩んでいるのはイエーヌ様からの手紙に書かれていたことですか？」

ロニナには手紙の内容を話していたこともあって、私に悩み事があるとしたらそれくらいしかないと思ったらしい。

「そうなの。私と噂されているなんて申し訳ないわ」

「どうしてですか？　フェイク様とセリーナ様はとても仲が良いではありませんか。噂されてもおかしくないような気がします」

「そういう問題じゃないの。私は平民だったのよ」

「今は男爵の爵位を持っているから貴族ですよね。それに、女性が爵位をもらうことはとても珍しいことだと聞いています。ということは、セリーナ様はすごい女性だということです！」

目を輝かせ、満面の笑みを浮かべているロニナの言う通り、爵位を継ぐことや新たに授与されるのは男性ばかりだ。女性は絶対に継げないという法律はないが、一般的には継げないことになっているし、授与されることも同じだ。だからこそ、私が爵位をもらえたことは百年に一度あるかないかのすごいことでもある。

「褒めてくれてありがとう。すごい女性というわけではないけれど、認めてもらえたことは嬉しいわ」

　頷いてから、ひとりで考えていても答えが出ない気がして、ロニナに相談してみる。

「まさか、フェイク様は私に求婚なんてしないわよね？」

「申し訳ございません。セリーナ様。私はフェイク様ではありませんから、質問にお答えすることはできません」

「別に断定しなくてもいいのよ。そんなことはありえないと言ってもらえたら」

「ありえないとは思えません」

　私が話している途中でロニナははっきりと答えたあと、慌てた顔で謝る。

「申し訳ございません！」

「どうして謝るの？」

「お話の途中でしたのに口を挟んでしまいました。それに、セリーナ様はフェイク様が求婚なんてしないと思うと言ってほしいのですよね？」

　実を言うとそうなのだ。フェイク様に求婚されることが迷惑なのではなく、結婚するということが嫌になっている。

「本当に私は失礼な人間よね」

「いいえ。ひとり目の旦那様があのような方でしたし、結婚に気が乗らなくてもおかしくはないと思います」

ロニナは苦笑して頷いたあと、真剣な表情で続ける。

「結婚をするかしないかは別として、フェイク様の気持ちを否定することは失礼に当たることだと思います。そのことを頭においておけば良いのではないでしょうか」

「フェイク様の気持ち……」

彼の中で私との結婚は政略的……ではなくとも、利益のあるものなのだと思う。ロニナが考えているような関係ではない。そう思っていたけれど、私の読みは甘かった。

＊＊＊＊＊

次の日の朝、フェイク様から呼び出された私は、緊張しながらも彼の執務室に向かった。

「最近、君の様子がおかしいと使用人たちが心配しているようだが、何かあったのか？」

「いえ。色々と仕事のことで考えることがありまして、そのせいかと思います。使用人たちには話をしておきます。ご迷惑をおかけして申し訳ございません」

「謝らなくていい。俺のことで悩んでいるのかと思って呼んだんだ」

「フェイク様のことで、ですか？」

あながち間違っていないので反応に困った。気取られないようにしたつもりだったけれど、フェイク様には無駄だった。彼は苦笑して言う。

「悩ませてしまって悪かった。そんなに嫌なら俺からは何も言わないよ」

「嫌だとかいうわけではないのです！　……と言いますか、フェイク様は私に何を言おうとしていたのですか？」

ずっと頭を悩ませていたけれど、今こそ本人に聞いてみるべきだ。もし、私が思っていた通りのことを口にされたら、その時はその時だわ。大体、私ひとりで考えずにフェイク様と話し合って決めれば良いのよ。

「言おうとしていることがわかっているから悩んでいるんだろ？　それがわかっているのに言えと言うのか？」

「違っていたら嫌なだけですわ。ただの自惚れている人間になるではないですか」

「言ってもいいんだな？」

「はい！」

前のめりになって頷くと、フェイク様は気圧されたように背をソファに預けたので、慌てて謝る。

「驚かせてしまったようで申し訳ございません」

「いや、俺が大袈裟に驚いただけだ」

こほんと咳払いをしてから、フェイク様は口を開く。

「俺の婚約者になってほしいんだ。君は俺のことをそんな風に意識したことがなかっただろうし、考える期間を設けて、どうしてもそういう対象にならないということであれば、婚約の話は白紙にしてもらってもいい」

「今から婚約を白紙にする話をするのですか？」

「い、いや、そうじゃない。君も婚約者になることを決めづらいかと思ったんだ」

普段は表情をあまり変えないフェイク様が焦っているとわかって、笑みがこぼれる。

「お気遣いいただきありがとうございます。では、婚約の前に婚約者同士がすることを試してみませんか？」

「婚約者同士がすること？」

「はい。例えば、どこかお出かけしてみるのはいかがでしょう。一緒にいて嫌になるようであれば、最初から婚約しないほうが良いかと思います」

婚約者だから好きにならなければいけないとか、そういう義務感で夫婦になるのは嫌だ。お互いを思いやりつつも、自分らしく生きていけるほうが良いに決まっている。フェイク様と私がそんな関係になれるのか試してみたい。

「そうだな。価値観の違いは絶対にあるし、確認していくことは必要だな」

「多くの貴族は結婚してから確認する人ばかりなのでしょうけれど、私たちがそれにならう必要もないでしょう？」

にこりと微笑むと、フェイク様も口元に笑みを浮かべる。

「君に好きになってもらえるように努力するよ」

「そのセリフを言わなければならないのは私のほうですわよ？」

「どうしてそんなことを言うんだ？」

「今まで以上に一緒にいることになれば、嫌な面が見えてくると思います」

「それは俺だって同じだろう」

「自分で言うのもなんですが、私は性格が良くないですもの。嫌われる可能性が高い気がしますから」

これから人生を共にしていくという相手なら、今までのように遠慮するのではなく、自分らしさを見せていきたい。それが良い方向になるのか、はたまた悪くなるかはわからない。嫌われたとしても、フェイク様のことだから仕事を辞めろとは言わないでしょう。

「その性格が良いと言う人間もいるんだよ」

「フェイク様がそうだと嬉しいですわ」

私たちは顔を見合わせて笑うと、早速初めてのデートについてプランを考えることにした。

それから数日後、イエーヌ様から至急で私に会いたいという連絡が来た。仕事の休みを取るためにフェイク様のいる執務室に行って事情を話すと、フェイク様は仕事の手を止めて答える。

「どうせなら、我が家に滞在してもらったらいい。彼女の家からここまではかなりあるから、日帰りだと大変だろうし、君だって少しは休みを取るべきだ」

のんびりしたいと思いながらも、なんだかんだと働き詰めだった。フェイク様に強要されたわけではなく、自分がやりたくてやったことだが、今思えば、ほとんど休みを取れていなかった。フェイク様とデートをする日も近づいてきているし、イエーヌ様に何かアドバイスをもらえるかもしれないと思い、早速、イエーヌ様にお誘いの手紙をしたためた。すると、すぐに『仕方がないからお邪魔してあげるわ』というイエーヌ様らしい返事が来たので、早速日程を調整することにした。

＊＊＊＊＊

「お久しぶりね！」

一年ぶりのイエーヌ様は可愛らしかった外見から、大人っぽい美人に変化していた。別宮にいた時よりも溌剌(はつらつ)として見えるので、彼女も我慢していたところがあったのかもしれない。

「お久しぶりです、イエーヌ様。お会いできて嬉しいですわ」

「ええ、ええ。そうでしょうとも」

イエーヌ様は私の言葉が嬉しかったのか、笑みがこぼれるのを抑えられないでいる。大人ぶっているけれど、中身はまだ大人になりきれていないみたいだ。

「ワンッ！」

シロがイエーヌ様を見上げて吠えると、彼女は目を輝かせる。

「まあ！　あなたシロなの？　大きくなって！」

イエーヌ様の記憶でのシロは子犬の時のままだ。成犬になったシロは一年前よりも一回り大きくなっている。シロはイエーヌ様のことを覚えていたらしく、ちぎれんばかりに尻尾を振りながら彼女に飛びついた。

「わたしのことを覚えてくれているの？」

イエーヌ様は本当に犬が好きらしい。シロが飛びつくことでドレスが汚れてしまうかもしれないのに、そんなことはまったく気にしていないみたい。

「シロ、落ち着きなさい。イエーヌ様、申し訳ございません。普段はお客様に飛びかかるような子じゃないのですけれど」

「ふふっ。気にしなくていいわ。シロはわたしのことを覚えてくれているのよ。本当に賢い子だわ」

イエーヌ様はシロを抱き上げて頬ずりしながら言った。ひとりと一匹の感動の再会が落ち着くと、シロをメイドに預け、イエーヌ様は私に話しかけてくる。

「フェイク様のお邪魔でなければ、ご挨拶したいのだけれど、今はまずいかしら」

「今は来客中ですから、お客様が帰られたらにしましょう」

「わかったわ。三日もお世話になるんだもの。たとえ、友人の恋人だったとしても挨拶はしないといけないからね」

「友人の恋人？」

私が聞き返すと、イエーヌ様は不服そうな顔をする。

「わたしはあなたの友人じゃないと言いたいの？」

「そういうわけではありません。そのあとの言葉です」

「ああ、恋人という言葉ね」

イエーヌ様はにこりと微笑むと、近くにいるロニナたちに聞こえないように小声で言う。

「あなたとフェイク様は恋人同士のようなものじゃないの」

「ち、違います！」

「ふふっ。慌てるあなたを見るのって楽しいわ」

にんまりとした笑みを浮かべたイエーヌ様は、自分の胸に手を当てて続ける。

「婚約者と結婚することが決まったのよ。恋愛経験についてはあなたよりも豊富だから、わたしに任せなさい」

婚約者ができたことは手紙で知っていたが、結婚の話が出ているとは知らなかった。

「そうだったのですね。おめでとうございます！」

「ありがとう。さあ、ゆっくり話がしたいから、わたしを客室まで連れていってちょうだい！」

この少し偉そうな態度は貴族だからか、はたまたイエーヌ様だからなのかはわからないが、メイドに頼んで客室まで案内してもらった。イエーヌ様の荷物を客室まで運び入れてもらったあと、窓際の安楽椅子に座ったイエーヌ様に尋ねる。

「お疲れでしょうし、しばらくここでゆっくりされてから話をしますか」

「いいえ。あなたとの話のほうが大事よ」

「でしたら、お茶を持ってこさせますね」

「馬車の中で座りっぱなしだったから、体を動かしたいのだけど、許可もなく動き回ったりしたらフェイク様にご迷惑かしら」

「庭園を歩くくらいでしたら、私が一緒にいればかまわないと思いますので行きましょうか」

「ええ！　庭園を見るのが大好きなの」

促すと、イエーヌ様は嬉しそうな顔で立ち上がったけれど、すぐに動きを止めた。

「ところであなた、フェイク様と出かけるのでしょう？　ちゃんとドレスは新調したの？」

「動きやすい服のほうが良いかと思ったので、側妃時代に着ていたものを着ていこうかと思っていますが」

「何を言っているのよ！　あなた昔の男からもらった服を着ていくつもりなの？」

「む、昔の男？」

「前夫だって昔の男のひとりでしょう！」

イエーヌ様は呆れた顔で私を見つめている。彼女にこんな顔で見られたのは初めてかもしれない。彼女の表情を見て、自分がものすごく駄目人間のように思えてきた。

「で、では、どうすれば良いのでしょうか」

「仕事ができているからといって、全てを上手くこなすわけではないと知れて良かったわ」

イエーヌ様はなぜか勝ち誇ったような笑みを浮かべて、私に命令する。

「明日、わたしのお買い物に付き合いなさい。そして、店の人にデート服を相談なさい！」

イエーヌ様が教えてくれるわけではないのね。

「返事がないわよ！」

「承知いたしました」

満足そうにしているイエーヌ様が可愛らしくて、妹がジュリエッタではなくイエーヌ様だったら、私はもう少し上手くやれていたのかもと、考えてもどうしようもないことが頭によぎったのだった。

＊＊＊＊＊

イエーヌ様と過ごした三日間はあっという間に過ぎた。彼女は文句を言いながらも私を心配してくれているようで、一緒に買い物に行った時は『この服を着て行きなさい』『このドレスにはこのアクセサリーが合うわ』『あなたにはこの色のほうが良いと思う』などと言って、全て私にプレゼントしてくれた。

そして今日、私はイエーヌ様がコーディネートしてくれた格好で、フェイク様とのデートに出かけることになっている。

控えめにレースがあしらわれた大人っぽいワンピースに、いつもは下ろしている髪をハーフアップにしてもらった。

フェイク様とはエントランスホールで落ち合うことになっているのだけれど、緊張しすぎて、約束の時間よりも三十分以上早くに来てしまった。ロニナたちも待ち合わせの時間を知っているはずなのに止めずに付いてきてくれたのは、部屋にいても落ち着いていられないだろうと判断したからかもしれない。もしくは落ち着かないのは私だけじゃないと知っていたのだろうか。

「待たせてしまったか？」

約束の時間よりもかなり早い時間にフェイク様がやってきた。

シャツとスラックス姿のラフな格好でジャケットを羽織っているだけなのに、いつもと違って見えて胸がドキドキする。

「……どうしたんだ？」

私が動きを止めてしまったからか、フェイク様は不思議そうな顔をする。

「あの、今来たところですからお気になさらず」

視界の端にニコニコしているロニナたちの姿が入り、私は大きく深呼吸して、いつもの自分を取り戻す。

「今日は一段と素敵ですわ」

「セリーナも綺麗だよ」

余裕を見せるつもりだったのに、フェイク様のその一言でそんなものはどこかへ吹き飛んでいってしまった。

フェイク様に促され、私たちは馬車に乗って最初の目的地へと向かった。向かった場所は、ガーデニング好きの貴族が所有している庭園で、入場料金を払えば見学することができる。庭園を荒らしたりするような低俗な輩が来ないようにと、入場料はかなり高めのため、貴族しか入ることができないといっても過言ではない。

この庭園はイエーヌ様お薦めの場所で、今は色とりどりの花が咲き誇っている。敷地が広いため、人が密集することはなくゆったりと観賞できそうだ、と言いたいところなのだが、今回はそれどころではなかった。お試しのデートということもあり、私とフェイク様は今、手を繋いでいるからだ。

「綺麗ですね」

「そうだな」

最初はお互い花に集中できなかったが、手の感触や温もりに慣れてくると、会話も弾み始めた。

「切り花で見る花以外にも色々な花があるんだな」

「フェイク様は今まで花に興味はなかったのですか？」

「そうだな。部屋の装飾の一部みたいなものだろうか」

「イライラしている時に花を愛でたりすると、心が和らいだりする時もありますから試してみてください」

「君も花を愛でて感情をコントロールしていたのか？」

感情をコントロールできているとは思っていなかったので、私は尋ね返す。

「私は正直な気持ちを表に出していただけなのですが、冷静に物事に対応できていましたか？」

「冷静にとは言いがたいが、自分の不利になると思った時には、上手く対応できていたと思う」

「それなら良かったですわ」

並んで歩きながら思う。どうして、フェイク様は私を選んでくれたのかしら。関わり合いになる女性が私しかいなかったから？

本人に聞いてみれば良いだけなのだが、どうしても聞くことができない。私自身のことが好きじゃなくて、パクト様を皇帝の座から引きずり下ろすことに尽力してくれたからなんて言われた時にはショックを受けるに決まっている。もしそうなったら、フェイク様の前で上手く笑うことができるのかわからないから嫌だ。

「どうかしたのか？」

「いえ。昔のことを思い出してぼんやりしてしまいました。申し訳ございません」

「謝る必要はない。それより、俺とこうして歩くことは嫌じゃないか？」

「嫌なわけがないではないですか。ただ、男性と手を繋いで歩くのは初めてのことなので、緊張はしています」

「俺も女性と手を繋いで歩くのは初めてだ」

フェイク様ははにかんだ笑顔を見せると、繋いでいる手の力を少しだけ強くした。

「異性を好きになったことは今までになかったから、気持ちを上手く表せなくてすまない」

「え？」

ちょっと待って。今、フェイク様は異性を好きになったって言った？

「迷惑だよな」

私が無言で彼を見つめたことが、拒否反応だと取られてしまったらしい。しゅんとしてしまったフェイク様に慌てて訴える。

「迷惑なんかではありません！　あ、あの、本当にフェイク様は私のことを異性として好きなのですか？　一緒に戦った同志という意味合いではなく？」

「同志？」

「そうです。パクト様が皇帝のままでしたら、ノベリルノ帝国はどうなっていたかわかりませんから」

近くに人がいないか確認してから小声で言うと、フェイク様は苦笑する。

「こんなことを言うのはなんだが、君が来るまでの俺の中での兄上は、ただの女性好きでモラルが欠けているだけで、あそこまで馬鹿なことをする人ではないと思っていた」

「そうだったんですね」

「国政については、俺や周りの人間がしっかりしていればなんとかなった。兄上の仕事をよく引き受けていたのも、他国に皇帝が常識のない人間だと知られないようにするためでもあったんだ」

「仕事をする代わりに言うことを聞くという条件をつけておられましたけど、それはどうしてだったのですか？」

最初から仕事をするつもりなら、条件付きでなくても良い気がしたので尋ねてみた。

「兄上は何もメリットがないのに人が動くはずがないと思い込んでいた。だから、俺のメリットになる条件をつけた。良い条件だっただろう？」

「ええ。感謝しています」

微笑んで頷くと、フェイク様は柔らかな表情で前を向いて話し始める。

「君のことを最初は変わった人だなと思った。でも、俺にとっていつしか、それが君の心の強さなのだと思うようになった」

「神経が図太いだけかもしれません」

「そうだったとしても、俺にはない強さを持っている女性だと感じた」

「フェイク様だって強い心を持っているじゃないですか」

周りに味方がいたとはいえ、フェイク様のほうが私なんかよりも辛い状況に置かれていたと思う。それでも国のために働いていたことは、私にとってすごいことだった。

「俺は大したことはしていない」

「いいえ。パクト様の暴走を抑えてくださっていただけでもすごいことです」

「あれは当たり前のことだろう」

「普通の人ができることではありません」

きっぱりと否定すると、フェイク様は微笑する。

「俺にしてみれば君のほうがすごいんだがな」

「どうしてですか?」

「理由は色々とあるが、君がいなければ、公爵の道を選ぶことなんてなかった。俺に人生の選択肢を与えてくれたのは君だよ」

「ありがとうございます」

胸がいっぱいになってしまい、すぐに言葉が思い浮かばず、ただお礼を言うことしかできなかった。フェイク様は本当に私のことを必要としてくれているのね。

「今日の君はいつもと違う気がする」

「や、やっぱり似合いませんでしたか」

さっきは綺麗だと褒めてくれたのにお世辞だったのね。でも、これはイエーヌ様が一生懸命考えてくれたものだし『何か違う』と思われていたって、私は素敵だと思うから悔いはないわ。

「見た目のことを言っているんじゃない。君の様子だよ」

「様子？」

「ああ。俺と手を繋ぐのが嫌で、いつも通りの君じゃないのかと思ったんだ」

「そういうことですか」

胸を撫でおろしたあと、笑顔になって続ける。

「意識している人と手を繋いでいるのですよ。いくら私だって、普通でいられるわけがないでしょう？」

「意識している相手？」

首を傾げて聞き返してきたフェイク様を軽く睨む。

「詳しい意味合いを説明しなくても察してくださいませ」

「……そうか」

少しの間のあと、フェイク様は今までに見たことのないくらい、幸せそうな笑みを浮かべると呟く。

「愛おしいという気持ちを初めて理解できた気がする」

「お、大袈裟ですわ！」

「大袈裟なんかじゃない。それよりもセリーナ、顔が真っ赤だぞ」

「誰のせいだと思っているのですか！」

あまりにも恥ずかしくなって手を放そうとしたけれど、フェイク様は私の手を放してくれない。仕方がないので、引っぱるようにして歩く。

「どこへ行くんだ？」

「先を急ごうかと思いまして」

「次に行く場所はレストランだと知っているだろ。しかも予約済みだ」

「知っています。ふたりで予定を立てましたからね」

手を放してくれないのだと諦めた私は、フェイク様の手を握りなおして続ける。

「フェイク様の妻になったら、私はのんびりできるでしょうか」

「君が望むならそうしてもらうつもりだ。だが、君は俺の側近になると決めた時も、のんびりしたいと言っていたのに、結局はのんびりしていないよな」

「そ、それは、その、色々とあるのですわ」

のんびりしたいという気持ちはある。それなのに、仕事があったり、目の前でトラブルが起きたりすると、そんな気持ちがどこかへ吹き飛んでしまうのだ。

「俺はセリーナのそういうところも好きだよ」

「す、好きだなんて、そんな言葉はもったいなさすぎます！」

「もったいないってどういうことだ。正直な気持ちを伝えただけじゃないか」

私を見つめるフェイク様の表情はとても幸せそうだ。焦る私が珍しいから楽しんでいるのかもしれない。他の人にこんな対応をされたら嫌な気分になる私なのに、そうならないということは、やっぱり私は彼のことが好きなのだろう。

私といることでフェイク様が幸せになるのなら嬉しい。

フェイク様と結婚することになれば、必然的に私は公爵夫人になる。皇帝陛下の側妃時代とは違い、のんびりしようなんて考える暇もなくなるでしょう。私がずっと望んでいたのんびり暮らすという生活は訪れない。それでも、彼とこれからも一緒にいたいと願うのはきっと、それが私にとって最高の人生になるという予感がするからかもしれない。

「フェイク様、なんだかお腹が減ってきました」

「花はもう良いのか？」

「ええ。ここにはまた、イエーヌ様と一緒に来ようと思います」

「ここを薦めてくれたのはイエーヌ嬢だろう？　それなのに、彼女とまた来るのか？」

「季節によって花が違うのです。それに、本当の目的は庭園を見ることではありませんから」

だって、フェイク様との婚約を決めるという話は、色々と頑張ってくれた彼女には、私の口から直接伝えたほうが良いでしょう？

「庭園に来るのに、本当の目的が庭園じゃないなんてよくわからないな」

歩く速度を速めて、困惑した様子のフェイク様の手を引く。

「行きましょう！」

「……セリーナが楽しそうなら良いか」

フェイク様は呟くように言うと、私の横に並んで歩き出した。

のんびり暮らせなくても、幸せだと感じられるならそれが一番よね。

晴れわたる空を見上げて、私はそう思った。

終

元捨てられ側妃は幸せを知る

フェイク様との婚約が決まった数日後、私とイエーヌ様は、犬と一緒にお茶が飲めるカフェに訪れていた。挨拶を交わし、イエーヌとシロが再会を喜びあっているのを見守っていると温かい気持ちになる。前回、イエーヌ様が帰ってしまったあとのシロは、滞在していた部屋に行っては彼女がいないことを確認すると、とても寂しそうにしていた。犬には人間の事情なんてわからない。こうやって会うこともまたシロを寂しくさせてしまうのかもしれないけれど、まったく会えないよりかは良いと思うのは、人間のエゴだろうか。

シロにかまっていると、いつまでも話ができないということで、名残惜しそうなイエーヌ様をなだめシロをメイドに預ける。シロは不服そうにしていたが、お菓子につられたのか、メイドの言うことをきいて近くのテーブルに移っていった。イエーヌ様はシロを触った手を濡れたハンカチで拭いてから、嬉しそうな表情で話し始める。

「まずは婚約おめでとう。祝いの品は改めて贈らせてもらうわ」

「先日、たくさんプレゼントをいただきましたし、お気遣いなく。お気持ちだけで嬉しいですわ」

「遠慮しないでよ。せっかく用意したものが無駄になるでしょう」

「承知いたしました。ありがたく頂戴いたします」

イエーヌ様は頑固なところがあるので、これ以上遠慮しても失礼に当たると判断し、ありがたく受け取ることにした。

お互いの近況報告をして、私にとっては初めての恋バナというものを楽しんでいた時になって、イエーヌ様の様子がいつもと違うことに気がついた。

いつもならば自分の話ばかりをして、人の話は自分が興味のあることしか聞かない人だ。それなのに、何か言いかけては「ごめんなさい。あなたの話の途中だったわよね」など、私の顔色を窺うような素振りを見せる。

一体、何があったのかと聞きたいところではあるが、触れるべきタイミングが掴めない。きっかけができるまでは気にしないふりをしようと決めた時、テーブルに一口サイズのケーキが載ったケーキスタンドが運ばれてきた。どれを食べようか迷い、無言で見つめていると、笑顔だったイエーヌ様の表情が急に暗くなった。

この中に嫌いなケーキでもあったのかしら。それとも、私が狙っていたケーキが彼女のほしかったケーキで不機嫌になったとか？　そんなにほしいならいつものように言ってくれれば、新たに頼むのに……。

黙り込んでしまったイエーヌ様に話しかける。

「あの、イエーヌ様。そんなにもこのケーキが食べたいのですか？」

「違うわよ！　あなたとほしいケーキが被ったなら、自分で頼むわ！」

「では、どうされたのですか？　さっきから聞くタイミングを逃していたのですが、今日のイエーヌ様はいつもと違いますわよね。何かあったのでしょうか」

たしか、イエーヌ様はチョコレートケーキばかり食べていたわよね。

彼女の皿にチョコレートケーキを置いてあげると、イエーヌ様は一瞬だけ嬉しそうな表情になったが、すぐに真剣な表情に戻る。

「あなたに謝りたいことがあるの」

「謝りたいこと？」

予想外の発言だったので驚いて聞き返すと、イエーヌ様は私をまっすぐ見つめて話す。

「許されることではないとわかっているし、自己満足にしか過ぎないとわかっているけれど謝らせてほしいの」

「は、はい？」

イエーヌ様ったら、一体どうしちゃったのかしら。何か悪いものでも食べてしまった？　いや、そんなことを考えたら失礼よね。彼女は真剣に話しているんだもの。私もちゃんと向き合わなくちゃ。

「側妃時代は本当にごめんなさい」

深々と頭を下げるイエーヌ様を見て、私は慌ててしまう。

「いきなりどうされたのです？　頭を上げてくださいませ。それに何のことを謝っておられるのですか？」

「あの頃の私は、今とは比べ物にならないくらい、あなたに酷い態度を取っていたでしょう？」

そのことについて否定はしない。最近のイエーヌ様は私にとって面倒な人物ではなくなっていたから、過去のことは水に流していたところがある。だから、いきなりこんなことを言われて困惑してしまった。

「やっぱり許せないわよね」

「……そうですわね」

少し間を空けてから答える。

「後悔して反省したというのであれば、私は許しますよ。そのかわり、これからは嫌な態度を取るのはやめてくださいね」

私のほうはもうとっくに許してしまっているのだけれど、そのことに本人は気づいていないようだし、これからの彼女のためにも、厳しい態度を取ったほうが良いと思った。

「もちろんよ。本当にありがとう」

イエーヌ様は胸を撫でおろすと、紅茶の入ったティーカップを手に取って喉を潤す。

それにしても、一体何があったのかしら。謝ろうと思ったことはとても良いことだ。けれど、突然思い立つものでもないでしょう。

「どうして謝ろうと思ってくれたのですか？」

彼女の中で何があったのだろうと気になって尋ねてみると、イエーヌ様は少し考えてから口を開いた。

「そうね。今さらなのだけど、不快な気持ちにさせられたからという理由で、人を傷つけるようなことを言ってもいいわけではないことに気がついたの」

「誰かに何か言われたのですか？」

「そういうわけではないわ」

カップをソーサーに戻し、イエーヌ様は苦笑した。どうせならば、この機会に当時のことを聞いてみることにした。

「他の側妃に嫌がらせをしていたのはどうしてなのですか？」

「あの方があまりにもオドオドしているものだから、イライラしてどうでも良いことで怒ったりしていたのよ。本当に最低だったと思う」

「八つ当たりはしてはいけないことですわ」

「わかっているわよ。だから反省しているんじゃないの」

ムッとした表情になったイエーヌ様だったが、すぐに眉尻を下げる。

「すぐに苛立ってしまうのも悪いくせね。婚約者からよく注意されるのよ」

「そうなのですね」

お会いしたことはないけれど、イエーヌ様の婚約者はとても懐の深い方なのでしょうね。彼女の性格を理解して、直せる部分は直すようにしてくれているんだわ。

「考え方が変わってから、彼女に謝罪はしたのですか？」

私はイエーヌ様に嫌なことを言われても気にしなかった。でも、あの時の女性は傷ついているか、嫌な思いをしていた可能性が高い。

「ええ。謝りに行ったわ。口では許すと言ってくれたけれど、心の傷はなかなか癒えないはずだから、もう近づかないようにするつもりよ」

「自分の心を傷つけた相手と仲良くなるなんて、よほど広い心を持っていないと無理でしょうし、そうしたほうが良いでしょうね」

「さっきも言ったけれど、許してほしいなんて、結局は自己満足のためだもの。とにかく、これからは言動に気をつけるわ」

両手に拳を作って宣言するイエーヌ様に微笑みかける。

「人を思いやれる気持ちを持てたのは、とても素敵なことだと思いますわ」

「ありがとう。でもね、こんな気持ちになれたのはあなたのおかげでもあるのよ。本当に感謝しているわ」

「えっ⁉　私のおかげですか？」

驚いて聞き返すと、イエーヌ様は呆れたような顔をする。

「あなたに言い返されたり痛いことを言われたりして、嫌な気持ちになったり悲しい気持ちになったりしたんだもの。そのおかげで『わたしはどうしてこんなことを言われないといけないのかしら』と思ったのと同時に、自分はもっと酷いことを言っていたことに気がついたの」

「……あの、傷つけてしまったのなら申し訳ございません」

イエーヌ様から嫌なことを言われて言い返していたことが多いとはいえ、私は年上なのだから大人の余裕を持つべきだった。頭を下げて反省していると、イエーヌ様の慌てた声が聞こえる。

「頭を上げてよ。謝ってほしいんじゃないの。あのね、なんと言ったら良いのかわからないのだけれど、傷ついたわけではないのよ。自分はもっと酷いことを言っていたのだということに気づくことができたと言いたいだけ。少なくともあなたは間違ったことは言ってなかったし、悪意があっての言葉じゃなかった」

「悪意があろうがなかろうが、あなたを嫌な気持ちや悲しい気持ちにさせたのは確かです。そのことは反省すべきです」

頭を上げて苦笑すると、イエーヌ様が微笑む。

「あなたはやり返しただけよ。気にしなくていいわ」

「やり返すことも良くはないでしょう」

喧嘩を売られたから買うというのは、やり返すではなく受けて立ったという認識で良いわよね？

苦笑すると、イエーヌ様は微笑む。

「あなたは無闇に人を傷つけるような人じゃないし、わたしと違って思いやりがあるから良いんじゃないかしら」

私に思いやりがあるかはわからないが、素直に受け止めておく。

「そんな自覚はありませんが、イエーヌ様にそう言っていただけると嬉しいですわ。ありがとうございます」

「褒めたわけではないのだけど」

「では何なのですか」

「事実を言ったまでよ」

イエーヌ様はふんと鼻を鳴らすと、私が置いたケーキにフォークを入れて続ける。

「これからは人を傷つけるようなことは言わないつもり。相手が悪いのだから言っても良いなんて、人を傷つけることを正当化する言い訳だと思うようになったの」

「そうですわね。それが許されるならいじめられるほうが悪いと同じようなことになりますもの。いじめをしたり、わざわざ人を傷つけようとする行動を取るほうが良くないのです。そしてそれは多くの人が思っていることです」

「わたしはまだすぐにイライラして、人に当たってしまうから本当に気をつけないといけないため息を吐くイエーヌ様に、自分の感想だと前置きしてから話す。

「個人の意見にはなりますが、こうしたほうが良いと助言をしたり、注意するくらいなら良いと思いますわ。相手に余計なお世話だと言われたら、それ以上は何も言わずに関わらなければ良いのです」

「そうね、そうするわ」

イエーヌ様は頷くと、ケーキに視線を向ける。

「言えてすっきりしたわ。友人でも謝らなければならないことは謝らないといけないからね」

「親しき仲にも礼儀ありと言いますものね」

「そうよ。大事なことだわ」

「今日はいつもと様子が違うなと思っていたのですが、もしかして緊張しておられました？」

微笑んで尋ねると、イエーヌ様は不機嫌そうに眉根を寄せる。

「反省している人間が偉そうにしていたらおかしいでしょう？　わたしだって大人になったの。素直に成長したのですねと言ってくれたらいいんじゃないの？」

やっとイエーヌ様らしくなってきたわね。

「イエーヌ様に偉そうに意見できる立場ではありませんわ」

「そうね。あなたは男爵だもの」

イエーヌ様はにやりと笑うと、無茶な要求をしてくる。

「あなたはわたしにいつも敬語を使うから、今日は敬語を無しにしない？」

「それは無理なお願いですわ」

「公爵令嬢としての命令よ！」

いつものイエーヌ様に戻ってくれたのは嬉しいけれど、こんなことを言い出されると面倒くささが勝つわね。

「さっきまでしおらしかったのに、急に意地悪になりましたね」

「失礼ね！　わたしは公爵令嬢。あなたは男爵なんだから、素直に言うことを聞きなさいよ！」

「身分の違いというものがあっても、良い関係を続けたいのであれば、お友達が嫌がることをしないほうが良いと思いますわよ」

微笑むと、イエーヌ様はやっといつもの元気な明るい笑顔を見せる。

「これがわたしだもの。駄目なところは駄目だと反省するけれど、わたしらしさも残していたいの。それに、あなたは本気で嫌がってはいないでしょう？」

「本気で嫌がってはいませんが、面倒くさいとは思っていますわね」

「ちょっと！　面倒くさいはないんじゃない!?」

怒り始めたイエーヌ様に、私は笑顔で答える。

「イエーヌ様にだから言えることですわ」

私がイエーヌ様と友人になることができたのは、やはり根は悪い人じゃなかったからかもしれない。

「それってどういうこと？」

「私は仲の良い人にしか軽口を叩きません」

喧嘩を売ってきた相手に嫌味を言うことはあっても、冗談を言い合える友人はいなかった。ロニナもプライベートでは大事な友人のつもりだけど、彼女の中では私は尊敬する人だから、軽口を叩く相手ではないのよね。

「わたしはあなたにとって、仲の良い人という認識で良いってこと？」

「そうなりますわね」

「なら、敬語は無しにしなさいよ」

「仲の良さと礼儀は別物です」

微笑んで言うと、イエーヌ様は呆れた顔になる。

「もういいわ！　それがあなただものね！」

「ありがとうございます」

「ああ、もう疲れた。だけど、何だか急にお腹が減ってきたわ！」

私ははっきりと物を言う人間だから、許さないと言われると思っていたのかもしれない。彼女なりにたくさん悩んだのなら、それはこれからの人間関係での失敗を防ぐ経験にも繋がるでしょう。

……まるで私はイエーヌ様の母か姉になったみたい。それくらい、彼女と仲良くなれたと思って良いかしら。

肩の荷が下りたと言わんばかりに安堵した様子で、美味しそうにケーキを食べるイエーヌ様を見て、そんなことを思った。

＊＊＊＊＊

イエーヌ様と話をした数日後から、フェイク様と少しずつ結婚について話し始めた。私のほうは再婚になるが、前回は結婚式を挙げていない。それを気にしたフェイク様が盛大な結婚式を挙げようと提案してくれた。

その気持ちはありがたいが、私は目立つことや贅沢は好きではない。

「式について特にこだわりはありませんから、質素なものでかまいません。祝ってほしい人といえば使用人、一緒に働いている同僚やイエーヌ様くらいしかいませんから……」

悲しいことに、私にはイエーヌ様しか友人がいない。近々行われるイエーヌ様の結婚式にはフェイク様と共に出席することになっているので、こじんまりした式になったとしても、イエーヌ様にはできれば出席してもらおうと思っている。

「イエーヌ嬢とは本当に仲良くなったんだな」

「はい。先日お会いした時に色々と話をして、イエーヌ様とは本当のお友達になりました」

「本当の友達ということは、今までしたことのなかった話をしたのか？」

「はい」

イエーヌ様とした会話をフェイク様に伝えると、彼は柔らかな表情になって頷く。

「彼女の言う通りだ。多くの人は自分のことを棚に上げてしまうものだが、自分自身で気づけたのなら、とても良いことだと思う」

「私もそう思います」

微笑んで頷くと、フェイク様は話題を戻す。

「結婚式の話だが招待客は少なめでも、豪華にするというのはどうだろうか」

「別に豪華にこだわらなくても良いと思いますが、公爵の結婚ですから、ある程度のものにしないと駄目なのでしょうね」

「そうだな。あまり質素にしすぎると、陰で何か言う人間も出てくるだろう。言わせておけば良いことだが、面子というものもあるからな」

「承知いたしました。ところで豪華というのはどれくらいのものでしょうか」

尋ねると、フェイク様は少し考えてから答える。

「豪華というと、そうだな。君が希望するならパレードでもしてもらうが」

「結婚式の話をしているのです。パレードは関係ないでしょう」

「結婚パレードというものは実際にあるぞ」

「結構ですわ」

明らかにからかわれているとわかって、不満げに眉根を寄せるとフェイク様は苦笑する。

「悪かった。許してくれないか」

「もちろん許しますとも」

「ありがとう」

その後の私たちは、雑談を交わしながらも結婚式のプランを考えていたのだが、なかなか良い案が見つからなかった。

「ウエディングプランナーに頼んだほうが良いのかもしれないな」

「そうですわね。専門家ですから、私たちが色々と考えても出てこない案を出してくれそうな気がします」

「できるだけ君の希望通りの結婚式にしたいんだ。ウエディングプランナーに屋敷に来てもらうようにするから、君がメインで話をしてくれないか」

「承知いたしました」

日にちもまだ決まっていないのだし、そこまで焦る必要はないわよね。そんなことを思った時、伝えておかなければならないことを思い出した。

「あのフェイク様、一つワガママを言っても良いでしょうか」

「……どうした？」

「シロを結婚式に参加させたいのです。賢い子ですから、他の招待客にむやみに吠えたりしないと思いますし……」

犬はペットであって家族ではないと言う人もいるが、一緒に暮らしている人間の多くは私と同じように犬のことを家族だと思って過ごしているはずだ。シロは私が飼い始めたわけではないけれど、引き取ると決めたのは私だし、シロは私にとても懐いてくれている。私の元家族は没落したし、ジュリエッタたちは行方不明だ。家族がいない私には、フェイク様と結婚するまではシロだけが家族のようなものだ。

できれば、犬も参加できる教会などで式を挙げたかった。

「俺はかまわない。招待客もこの家で働いている人間たちばかりだし、シロが参加すると聞くと喜ぶだろう。イエーヌ嬢もシロを可愛がっているしな」

「ありがとうございます」

よく考えてみたら、シロのおかげでイエーヌ様とより仲良くなれたような気もする。パクト様が犬を飼ったと聞いた時は不思議に思ったけれど、ジーナリア様のことを暗に知らせてくれたりと、シロがいてくれて本当に良かった。

当時のことを思い出したからか、今まで忘れていた疑問が思い浮かんだので、忘れないうちに尋ねる。

「あのフェイク様、どうしてパクト様はシロを飼ったのでしょうか」

「……くだらない理由だよ」

フェイク様からパクト様が犬好きだと聞いていたことや、しばらくの間ジーナリア様をパクト様の部屋で住まわせていたから、それと関係するのだろうと勝手に納得していた。そうではないということかしら。

「よろしければ、理由をお聞かせ願えますか?」

「聞いても良い気分にならないぞ」

「そう言われると余計に聞きたくなってしまうのですけど」

「そうだな。君はそうだろうな」

フェイク様は苦笑して続ける。

「兄上はジーナリア妃に犬の真似をさせていたと聞いただろう」

「ま、まさか、そのためにシロを飼ったというのですか?」

「そのまさかなんだ」

フェイク様が言うには、パクト様にシロを飼った理由を尋ねると、ジーナリア様のことが表沙汰になるまでは、『犬が好きだから飼った』という答えだったそうだ。実際、それは嘘ではなかったので、パクト様はシロに暴力をふるったりするようなことはなかった。

しばらくして、パクト様から私がシロを譲り受けた時に、フェイク様はこう尋ねた。

『シロのことを可愛がっていたわりに、簡単に人に譲ってしまうのですね』

『オレなりに可愛がってはいた。だが、たまに反抗的な態度を取るから可愛くない。大体、あの犬は言うことを聞かないセリーナへの罰の見本にしようと思って飼っただけだからな』

パクト様は笑みを浮かべて答えたらしい。

「シロが虐待されていたわけではないですよね?」

「そこまで馬鹿ではないと言っていた」

人間には酷いことができるのに犬にはしないというのは、どういう考えなのかわからない。どちらもやってはいけないことでしょう。

「考えてみたら、シロはパクト様を嫌っていた様子ではありましたが、怯えていたわけではなかったですものね」

「そうなんだ。なんだかんだと好き勝手させていたしな」

「そう言われてみればそうですわね」

シロがジーナリア様の私物を大事に持ってくれていたから、こちらもパクト様の仕業だと自信を持てたし、ジーナリア様も部屋に監禁されている時、シロの可愛さに救われたと言っていた。シロには感謝しないといけないわ。

……だけど、シロにしてみれば不幸だったのかしら。

私の表情が急に暗くなったからか、フェイク様が顔を覗き込んでくる。

「どうかしたのか？」

「シロは、私の所に来て幸せだと思ってくれているでしょうか」

「それはシロに聞かないとわからないが、俺には幸せそうに見えるよ」

「そう言っていただけると気持ちが楽になります」

パクト様に飼われるような犬だから、シロはきっと血統の良い子なのでしょう。彼に買われなければ普通の貴族の家に行って、飼い主が変わるなんて馬鹿なことにはならなかった可能性が高い。

私はシロの無邪気さにいつも癒やされているけれど、シロの幸せはここにいることじゃなかったのかもしれないのよね。

「セリーナ、君が気に病むことじゃない。さっきも言ったが、シロはこの家でみんなに愛されて幸せそうにしているように思う」

「この家で一番偉いのはフェイク様だということも理解しているようですね。どうすれば、みんなに可愛がってもらえるかわかっているようですし、シロは本当に賢い子です」

シロは悪さをして怒られた時は、潤んだ瞳で見上げてきて許しを請うような仕草をするし、あざとい所が多々あったりする。こうすれば許してくれるとわかっているから、そうするのだとわかっていても、可愛いからつい許してしまうのだ。

「……そういえば、パクト様は結婚式にはお呼びするのですか？」

「そのことについては、ジーナリア妃と相談しなければならないと思っている。そちらは君に任せても良いか？」

「それはかまいませんが、何か問題でもあるのですか？」

「兄上のことでちょっとな」

「寝込んだ時期があったそうですが、お元気にされていますの？」

最近のジーナリア様は私にではなく、フェイク様にパクト様の様子を伝える報告をしている。このことについては、彼女から私にも連絡がきていて『あなたに送るより、実の弟に現状を報告したほうが良いでしょう』とのことだった。結婚式の招待についての話を私に任せることにしたのは、細かい話は女性同士のほうが良いと判断したからでしょう。

「寝込んでいたのは確かだが、仮病の場合が多いからとりあえず働かせて様子を見ているそうだ」

「本当に体調が悪いのに働かされているのなら厳しい職場環境のような気もしますが、パクト様のことですから仮病のほうが多いのかもしれませんね」

今まで好き勝手して生きてきた分の付けが回って来たといった感じかしら。ジーナリア様のご両親にパクト様をお任せすることにして本当に良かったわ。ジーナリア様が良くないことをしたのは確かだが、パクト様一人で彼女への罰を勝手に決めていいわけじゃない。そんなことを許してしまったら司法制度がなんのためにあるのかわからないし、ただの独裁者だもの。

「兄上の状況を知らせる手紙には、いつもシロが元気にしているかと書かれている。部屋に閉じ込められていた時の彼女は、本当にシロに救われていたんだろうな」

「そうですね」

パクト様がシロを迎えた理由は最低なものだった。でも、シロがいなければ今のような状態にはなっていなかったでしょう。

「シロにはお礼を言わないといけません」

「お礼よりも食べ物が良いんじゃないか?」

「そうですわね。お礼を言われても意味がわからないでしょうし、食べ物なら喜んでくれるでしょう」

シロはケーキなど人間の食べる物を欲しがる。アレルギーはないみたいだし、砂糖の入っていないケーキなら少しくらいは食べさせても良いだろうか。

その時、犬用の扉からシロが入ってきた。シロが自由に出入りできるように、私やフェイク様の部屋など、シロが出入りしても良い場所には人間用の扉の足元部分に押せば開く扉を作ったのだ。

「あら、シロ。私たちがあなたの話をしていることがわかったの?」

私が尋ねると、シロは私を見上げて嬉しそうに尻尾を振った。つぶらな瞳で私を見つめるシロに問いかける。

「あなたは今、幸せかしら」

シロは首を傾げたあと、フェイク様に助けを求めるかのように顔を向けた。

「今は幸せじゃなくても、絶対に幸せにしてみせる」

シロを撫でたあと、フェイク様は私を見つめた。シロに言ったのだと思うけれど、自分にも言われた気がして胸が高鳴った。

フェイク様とはまだ話の途中だったが、シロが来たことで散歩時間になっていたことに気がついた。シロの体内時計は正確だ。散歩の時間になっても私が探しに来ないものだから、自ら来てくれたみたいだ。散歩はロニナたちに頼めば良いのかもしれないが、引き取ると決めた以上、シロのことはよっぽどのことがない限り、私がなるべくやるようにしている。そのことをフェイク様も知っているので、時計を見てシロに話しかける。

「すまない。散歩の時間だったな」

吠えることはせず、シロは尻尾を振って返事をする。シロは一般的な犬と同じで食べ物と散歩が大好きで、お医者様と体を洗われることが嫌いだ。たまに散歩後にお風呂に入らされる時は珍しく拒否して逃げようとする。やんちゃだから手を焼く時もあるけれど、憎むことができないのがシロだ。

椅子から立ち上がった私にシロが駆け寄ってきて足元に座ると、今度はフェイク様を見つめる。

フェイク様を散歩に誘いたいみたいね。

「よろしければフェイク様もご一緒にどうですか？」

「すまない。一緒に行きたいのは山々なんだが、まだ仕事があるんだ。またの機会にしてもらっても良いだろうか？」

「もちろんですわ」

フェイク様が一緒に行かないとわかったシロはがっかりしたように、尻尾を下げてしまった。

「すまないな。シロ」

「また今度一緒に行ってもらいましょうね」

フェイク様と私が声をかけると、返事をするように尻尾をパタパタと振った。

自室に置いてある、シロのリードを取りに行くため、私はシロを抱き上げてフェイク様の部屋を出る。すると、廊下には申し訳なさそうな顔をしているロニナが立っていた。

「待たせてしまってごめんなさいね」

「とんでもないことでございます。それよりもセリーナ様、お邪魔してしまったようで申し訳ございません」

「どうして謝るの？」

「部屋に入っていくシロを止めることができませんでした」

「シロを自由にさせているのは私なんだから気にしないで。それよりもシロの散歩に行かなくちゃ。リードを取りに行くわ」

「私が取ってまいります！」

シロのリードは私の部屋にあるので、ロニナが慌てて私の部屋に向かって走っていく。そんなロニナを見て不思議そうにしているシロに話しかける。

「私のエゴでしかないかもしれないけれど、あなたがずっと幸せでいられるように努力をするからね」

すると、シロが珍しく「ワンッ」と吠えて、私を見つめた。

私には犬の言葉はわからない。でも、シロが「幸せだよ」と言ってくれているように思ってしまったのは、私の思い上がりだろうか。

そう考えて一人で苦笑したあと、私は自分の部屋に向かって歩き出したのだった。

終

あとがき

こんにちは、風見ゆうみです。

この度は「捨てられ側妃なので遠慮なく自由にさせていただきます～妹にご執心な陛下は放っておいて、気ままな皇宮生活を楽しみます～」を手に取っていただきありがとうございます。

今回のヒロイン、セリーナは気が強い性格でしたので、私としてはとても書きやすいヒロインでした。

のんびり暮らしたいわりに、助けられる人を助けないのは違うという世話焼きなヒロインのお話を楽しんでもらえれば嬉しいです。

側妃状態で許される恋愛となると、相手は夫となるわけですが、セリーナの性格上、パクトを好きになることは考えられず、では別の人間を！　となると浮気になってしまうため、難しいところでした。

そんなこともあり、本編では恋愛要素を少なくし、番外編にて二人のじれったい恋愛模様を書いてみました。恋愛についてはピュアな二人を楽しんでもらえたら良いなと思っております。

いじめっ子キャラだったイエーヌの改心も書きたかったことです。許してもらえなくても、自分が悪かったことに気づき反省することは大事なことだと思っております。

そして、シロにつきましては、ドロドロした関係の中に癒やしが欲しくて登場してもらいました（パクトはそんなことを思っていませんでしたが）。

私の癒やしだけでなく、読者様にもほっこりしてもらえていれば嬉しいです。

こうやって書籍化できましたのも、ｗｅｂでの連載を応援してくださった皆様。本になるまでに尽力くださった編集者様方。セリーナたち女性陣をとても綺麗に、フェイクたち男性陣をとても美男子に描いてくださったイラストレーターのぽぽるちゃ様。その他、この本に携わってくださった皆様のおかげです。

この作品に出会っていただき、本当にありがとうございました。少しでも楽しんでいただけていましたら、とても嬉しいです。

またどこかでお会いできますことを心より願っております。

風見（かざみ）ゆうみ

捨てられ側妃なので遠慮なく自由にさせていただきます
～妹にご執心な陛下は放っておいて、気ままな皇宮生活を楽しみます～

2025年4月5日　初版第1刷発行

著　者　風見ゆうみ

発行人　菊地修一

発行所　スターツ出版株式会社

〒104-0031　東京都中央区京橋1-3-1　八重洲口大栄ビル7F
TEL　03-6202-0386（出版マーケティンググループ）
TEL　050-5538-5679（書店様向けご注文専用ダイヤル）
URL　https://starts-pub.jp/

印刷所　株式会社DNP出版プロダクツ

ISBN　978-4-8137-9443-1　C0093　Printed in Japan

[風見ゆうみ先生へのファンレター宛先]
〒104-0031　東京都中央区京橋1-3-1　八重洲口大栄ビル7F
スターツ出版（株）　書籍編集部気付　風見ゆうみ先生